Dubbele doodslag
Boston

D0884949

Van Jonathan Kellerman zijn verschenen:

Doodgezwegen*
Domein van de beul*
Het scherp van de snede*
Tijdbom*
Oog in oog*
Duivelsdans*
Gesmoord*
Noodgreep*
Breekpunt*
Het web*
De kliniek*
Bloedband*
Handicap*
Billy Straight*
Boze tongen*
Engel des doods*
Vlees en bloed*
Moordboek*
Doorbraak
Lege plek

*In POEMA-POCKET verschenen

*Van Faye Kellerman verschenen bij De Boekerij de volgende titels in de
Peter Decker en Rina Lazaris serie:*

Het rituele bad
Een onreine dood
Melk en honing
Verzoendag
Valse profeet
De doodzonde
Toevluchtsoord
Gerechtigheid
Gebed voor een dode
Het zoete gif
Jupiters resten
Slachtoffer

Faye & Jonathan Kellerman

Dubbele doodslag

Boston

SIJTHOFF

Voor onze ouders
Sylvia Kellerman
Anne Marder
David Kellerman – alav hashalom
Oscar Marder – alav hashalom

Met speciale dank aan Jesse Kellerman,
buitengewoon fotograaf

IN HET LAND DER REUZEN

Het was niet zo dat Dorothy nieuwsgierig was. Ze doorzocht de rugzak gewoon omdat hij stonk. Vijf dagen rottend eten lekte uit bruine papieren zakjes: de droom van iedere microbe. Nadat ze de kwalijk riekende bron van ergernis voorzichtig losgepeuterd had, zag ze iets onderin liggen, gedeeltelijk weggeschoven onder verfrommelde papiertjes en aantekeningen. Niet meer dan een glimp van metaal, maar toch een die haar met kwaadaardige schreeuw toeriep. Haar hart ging als een wilde tekeer in haar borst.

Met een snel gebaar schoof ze de rotzooi die erbovenop lag aan de kant, totdat het voorwerp volledig blootlag: een Smith & Wesson-revolver, een oude. Ze haalde hem uit de rugzak en onderzocht het wapen. Het was gedeukt, bekrast en er zat roest op de loop. Slecht onderhouden. Zes lege kamers, maar dat bood weinig troost.

Op haar gezicht verscheen eerst een geschokte blik, toen pas kwam de woede.

'Spencer!' Haar stem, normaal gesproken zwaar, klonk schel. 'Spencer, ellendig stuk vreten, maak dat je verdomme hier komt!'

Haar geschreeuw was zinloos. Spencer was op straat, waar hij een potje basketbal speelde op het pleintje met de rest van zijn clubje: Rashid, Armando, Cory, Juwoine en Richie. De vijftienjarige jongen had geen flauw idee dat zijn moeder thuis was, laat staan dat ze a in zijn kamer was, b zijn persoonlijke spulletjes doorzocht, en c een revolver in zijn schooltas had gevonden. Ze hoorde de traptreden kraken onder het gewicht van zware voetstappen. Het was haar oudste zoon, Marcus. Hij posteerde zich als een portier in de deuropening van zijn kamer: handen voor zijn borst gekruist, benen gespreid.

'Wat is er aan de hand, ma?'

Dorothy draaide zich in een razendsnelle beweging om en duwde de lege revolver onder zijn neus. 'Wat weet jij hiervan?'

Marcus vertrok zijn gezicht en deed een stap naar achteren. 'Doe even normáál, ja?'

'Dit zat in de rugzak van je broer!'

'Waarom snuffel je in Spencers rugzak?'

'Daar gaat het nu even niet om!' siste Dorothy woedend. 'Ik ben zijn moeder en ik ben jouw moeder en ik hoef niemand toestemming te vragen om in jullie rugzakken te kijken!'

'Jawel, dat moet je wel,' reageerde Marcus. 'Die rugzakken zijn van ons. Wij hebben ook recht op privacy...'

'O ja? Nou, dat recht op privacy kan me op dit moment godverdomme gestolen worden!' gilde Dorothy. 'Ik wil weten wat jij hiervan weet.'

'Niets!' gilde Marcus terug. 'Helemaal niets. Oké?'

'Nee, dat is niet oké! Ik vind hier een revolver in de rugzak van je broer en dat is níét oké, oké?'

'Oké.'

'Oké. Dat is je geraden ook.' Dorothy's borstkas stond strak en deed pijn, bij iedere hap naar adem verkrampte ze. Het was heet en klam en muf. De verwarming in het gebouw was grillig en onbetrouwbaar, met temperaturen die schommelden tussen Saharaanse schroeihitte en arctische vrieskou. Zonder verdere plichtplegingen plofte ze neer op Spencers bed en probeerde tot bedaren te komen. De matras zakte door onder haar gewicht. Je zou het niet zeggen, maar onder die dikke laag vet school een sterk, gespierd lichaam.

De kleine kamer benauwde haar: twee eenpersoonsbedden zo dicht tegen elkaar aan geperst dat er zelfs geen nachtkastje tussen paste. De kast stond open en puilde uit met T-shirts, trainingsbroeken, korte broeken, sokken, schoenen, boeken, cd's, video's en sportbenodigdheden. De luxaflex was al meer dan een maand niet afgestoft. De jongens hadden een wasmand, maar hun vuile was lag verspreid over dat beetje vloer dat nog over was. De kamer lag bezaaid met papiertjes, snoepwikkels, lege zakken en dozen. Waarom konden de jongens hun kamer nu niet een beetje opgeruimd houden?

Marcus kwam naast haar zitten en sloeg een arm om haar schouders.

'Gaat het een beetje?'

'Nee, het gaat helemáál niet!' Ze wist dat ze lelijk deed tegen de verkeerde persoon. Ze was overwerkt, bekaf en gedesillusioneerd. Ze sloeg haar handen voor haar gezicht. Wreef in haar ogen. Dwong zichzelf op rustige toon te vragen: 'Jij weet hier echt niets van?'

'Nee.'

'Lieve god,' zei Dorothy. 'En nu?'

Marcus wendde zijn blik af. 'Hij gaat door een moeilijke periode...'

'Dit is méér dan een moeilijke periode!' Ze omklemde het vuurwapen. 'Dit is niet alleen illegaal, maar ook dodelijk!'

'Ik weet het, ma. Het is niet goed.' De eenentwintigjarige jongen liet zijn ogen over het gezicht van zijn moeder glijden. 'Maar als je er iets aan wilt doen, dan moet je niet zo hysterisch doen.'

'Ik doe helemaal niet hysterisch, verdomme, ik ben... ik ben gewoon bezorgd! Dit is moederlijke bezorgdheid!' En toen snauwde ze weer: 'Hoe komt hij hieraan?'

'Ik heb geen idee.'

'Ik neem aan dat ik het door het systeem zou kunnen halen...'

'Dat lijkt me wat overdreven, denk je niet?'

Dorothy zei niets.

'Waarom praat je nou eerst niet eens met hem?' Marcus keek zijn moeder aan. 'Praten, ma. Niet gillen. Praten.' Stilte. 'Of misschien is het beter als ik...'

'Jij bent zijn moeder niet! Dit is niet jouw taak!'

Marcus hief zijn handen in de lucht. 'Prima. Wat je wilt. Zoals altijd.'

Dorothy schoot overeind en sloeg haar armen over elkaar. 'En wat bedoel je daar precies mee?'

'Dat spreekt voor zich.' Marcus gaf een schop tegen zijn rugzak en trok hem toen met een voet door een hengsel omhoog. Hij graaide door de inhoud en pakte er een boek uit. 'Voor het geval je het nog niet wist, ik heb een wedstrijd vanavond en ik moet nog tweehonderd bladzijden voor Europese Geschiedenis. Om nog maar te zwijgen van mijn ochtenddienst in de bibliotheek na de training van morgenochtend halfzes. Dus, als je het niet erg vindt?'

'Ik tolereer niet dat je zo'n toontje tegen me aanslaat.'

'Ik sla geen toontje aan, ik probeer gewoon mijn werk te doen. Jezus, je bent niet de enige met verplichtingen, hoor.' Marcus kwam overeind en liet zich op zijn eigen bed vallen, waarbij hij bijna door de doorzakkende veren brak. 'Doe de deur achter je dicht als je weggaat.'

Het was tijd voor Dorothy om pas op de plaats te maken. Ze maande zichzelf tot kalmte. 'Dus, hoe vind jij dat ik dit moet aanpakken? Moet ik het maar gewoon laten zoals het is? Dat kan ik niet, Marcus.'

Hij legde zijn boek weg. 'Nee, je hoeft het hier niet bij te laten. Maar misschien moet je het een beetje objectiever bekijken. Stel je voor dat hij een van jouw verdachten is, ma. Je loopt altijd op te scheppen dat jij degene bent in het korps met gevoel. Laat dat zien dan.'

'Marcus, wáárom heeft Spencer een revolver?'

Hij dwong zichzelf zijn moeder recht in de ogen te kijken. Grote bruine ogen. Grote vrouw; haar kroezende haar in een kapsel zonder franje deed haar gezicht nog groter lijken. Uitgesproken jukbeenderen. Pruilend getuite lippen. Ze was op de kop af één meter tachtig, met grote zware botten, en toch had ze lange, sierlijke vingers. Een prachtige vrouw die het recht had verdiend gerespecteerd te worden. 'Ik weet dat je je zorgen maakt, maar waarschijnlijk stelt het niets voor. Het is gewoon link op straat. Misschien voelt hij zich sterker met zo'n ding.' Hij keek Dorothy met samengeknepen ogen aan. 'Voel jíj je er niet sterker door?'

'Voor mij is het onderdeel van mijn uitrusting, Marcus, geen machtsvertoon. En we hebben het hier niet over een sigaret of een joint. Revolvers zijn moordwapens. Daar worden ze voor gemaakt. Om mensen te doden. Een jonge knul als hij hoort geen wapen te hebben, al voelt hij zich nog zo bedreigd. Als er iets aan de hand is, dan moet hij met me praten.'

Ze keek haar oudste zoon onderzoekend aan. 'Heeft hij iets tegen je gezegd?'

'Waarover?'

'Over dat wat hem zo dwarszit dat hij het nodig vindt om met een revolver rond te lopen.'

Marcus kauwde op zijn onderlip. 'Niet echt. Luister, als je wilt kan ik wel even naar het pleintje gaan om hem op te halen. Maar hij zal behoorlijk over de zeik zijn dat u in zijn spullen hebt gezeten.'

'Dat zou ik niet gedaan hebben als die schooltas van hem niet zo had liggen stinken.'

'Ja, de kamer stinkt als een dikke vette scheet,' zei hij lachend en hij schudde zijn hoofd. 'Mama, waarom ga je niet even ergens een hapje eten met tante Martha voor de wedstrijd? Of misschien wat kerstinkopen doen?'

'Ik heb geen zin om geld uit te geven en ik ben niet in de stemming voor verhalen over Martha's maagzuur.'

'Ze ratelt alleen maar door omdat jij niets zegt.'

'Ik zeg wél wat.'

'Je moppert.'

En dat was precies wat ze ook nu bijna weer deed. Ze hield zich in en dwong zichzelf rustig te blijven. 'Ik ga je broer halen. Dit is iets tussen hem en mij en ik zal het zelf met hem moeten oplossen. Concentreer jij je nu maar op je boek, oké?'

'Gaat dit lawaaiig worden?'

'Het kan zijn dat het wat... krachtig wordt.'

Marcus gaf haar een zoen op haar wang en stond op van het bed. Hij slingerde zijn dikke donsjack over een schouder en stak zijn studieboek onder zijn arm. 'Ik denk dat ik dan beter in de bibliotheek kan gaan zitten. Kom je vanavond kijken?'

'Heb ik ooit een van je wedstrijden gemist?' Ze streek met een hand over zijn wang. 'Heb je geld nodig om te eten vanavond?'

'Nee hoor, ik heb nog steeds geld over van mijn beurs van vorige maand. Wacht...' Hij liet zijn jas op de grond glijden en drukte zijn moeder het boek in handen. 'Ik heb waardebonnen.' Hij doorzocht zijn portemonnee en haalde er vier strookjes papier uit. Hij hield er één en gaf de rest aan zijn moeder. 'Die kregen we gisteren bij de training.'

Dorothy bekeek de papiertjes. Elk strookje was voor gratis eten ter waarde van vijf dollar. 'Van wie heb je deze gekregen?'

'Sponsors uit de buurt. Ze geven ze aan iedereen bij de uitgang. Want stel dat de NCAA zou denken dat wíj iets aangeboden kregen.' Hij schudde zijn hoofd. 'Jezus, zo'n armoedige waardebon is wel het minste wat ze ons kunnen geven voor die uitbuiterij. De wedstrijd van vorige week was helemaal uitverkocht. Dat was aan Julius te danken natuurlijk. Hij is de topscorer. Wij zijn alleen maar entourage... zijn privé-lijfknechtjes. De klootzak!'

'Niet vloeken.'

'Ja, ja.'

Dorothy werd overspoeld door moederliefde. 'Die jongen zou niets klaarspelen als jullie hem niet van die perfecte ballen toespeelden.'

'Ja, probeer dat varken maar eens te vertellen dat b-bal

een teamsport is. Als iemand er iets over zegt tegen de coach, dan wordt Julius kwaad en voor je het weet word je eruit getrapt. En er staan zo'n driehonderd *homies* aan de zijlijn te wachten die denken dat Boston Ferris hun paspoort naar de NBA is. Niet dat er iets tegen dromen is...' Hij zuchtte. 'Shit, ik droom zelf net zo hard.'

Een liefdevol gevoel welde op in haar borst. Dorothy zei: 'Marcus, er is een heel verschil tussen een droom en een waanidee. Je weet wat ik altijd zeg: een goede sportmakelaar met een rechtendiploma van Harvard op zak, kan veel geld verdienen zonder zijn rug en knieën kapot te maken en op zijn dertigste afgeschreven te worden.'

'Ja, ja...'

'Je luistert niet.'

'Ik luister wél, het is alleen dat...' De jongeman krabde op zijn hoofd. 'Ik weet het niet, ma. Ik ga er net zo voor als de rest, heb dezelfde droom, maar sta wel open voor de realiteit. Ik probeer in beide werelden te leven, maar in dit tempo hou ik dat gewoon niet vol. Ik zal ergens mee moeten kappen.'

Dorothy sloeg een arm om haar zoon. 'Ik weet dat je gek bent van basketbal, Marcus. Dat ben ik ook. En ik zal nooit degene zijn die je droom in duigen laat vallen, maar ik wil gewoon wat het beste voor je is.'

'Dat weet ik, ma. En ik weet dat alle Ivy rechtenfaculteiten in de rij staan voor grote zwarte jongens met goede testuitslagen en een hoog cijfergemiddelde. Ik zou wel gek zijn om zo'n kans te laten lopen, dat weet ik. Maar toch, je denkt wel eens over dingen na.' Hij kreeg een afwezige, afstandelijke blik in zijn ogen. 'Het doet er niet toe. Als de tijd rijp is, dan neem ik de juiste beslissing.'

Dorothy gaf haar zoon een zoen op zijn wang. 'Zoals altijd.'

'Ja, dat is waar,' zei hij. En toen: 'Die goede oude betrouwbare Marcus.'

'Hou daar eens mee op!' Dorothy fronste haar voorhoofd. 'Je hebt gaven gekregen van Onze-Lieve-Heer. Wees niet zo ondankbaar.'

'Zeker niet.' Marcus schoot in zijn jack en slingerde de rugzak over zijn schouder. 'Ik weet waar ik vandaan kom. Ik weet waar jij vandaan komt, mama, en hoe hard je werkt. Daarom beschouw ik niets als vanzelfsprekend.'

2

Onderuitgezakt op de bestuurdersstoel van de auto, drinkend van te sterke en te hete koffie, tuurde Michael Anthony McCain door de beslagen ruit, terwijl zijn geheugen met hem aan de wandel ging naar het verleden, terug naar de tijd dat hij alles had. Een jaar of tien geleden. Toen hij nog begin dertig was, in de tijd dat hij was gepromoveerd tot rechercheur. Zevenenzeventig kilo pure spiermassa op zijn één meter tachtig lange lichaam. Destijds kon hij op goede dagen honderdzestig kilo bankdrukken. Zijn haar was toen dik; lichtbruin in de winter en donkerblond in de zomer. Met zijn sprankelende baby-blauwe ogen en zijn verblindend witte lach als gevolg van duizenden dollars aan tandheelkundige werkzaamheden, had hij als een magneet op de vrouwtjes gewerkt. Zelfs Grace had hem destijds zijn incidentele uitspattingen vergeven omdat hij zo'n ongelooflijk mooi exemplaar van het mannelijk geslacht was.

Tegenwoordig pikte ze niets meer van hem.

Als hij maar een minuut te laat thuiskwam, dan raakte ze in alle staten en negeerde ze hem dagenlang, zelfs als hij niets had gedaan. Hetgeen helaas altijd het geval was, tenzij hij op jacht ging, hoewel hij daar weinig zin in had omdat hij daar te blut, te druk en te moe voor was.

Zelfs toen zat hij niet achter de vrouwen aan. Ze kwamen gewoon op hém af.

McCain trok een zuur gezicht.

Het was al lang geleden dat iemand, ongeacht wie, interesse in hem had getoond.

Fucking-lang geleden.

Hij zette de ruitverwarming aan die koude lucht uitblies en toen warme lucht tot het binnen in de Ford heet en vochtig was als in een tropisch regenwoud. Zodra hij de knop weer omzette, kroop er ijzige lucht door kieren en spleten, waarmee de waardeloze carrosserie en afwerking van de wagen maar weer werden aangetoond. Hij verplaatste zijn gewicht en probeerde zijn benen naar omstandigheden zo goed mogelijk te strekken. Zijn rechterteen was verdoofd, net als zijn achterwerk. Te lang gezeten.

Hij zat ingezwachteld in meerdere lagen kleding waardoor hij het op de ene plek te warm had en op andere plekken te koud. Zijn handen zaten gekooid in leren handschoenen die het moeilijk maakten de koffiebeker vast te houden, maar er in ieder geval voor zorgden dat hij koffie over de rand kon morsen zonder dat te voelen. Zijn neus was koud, maar zijn voeten waren warm dankzij een klein elektrisch voetenkacheltje dat werkte op de sigarettenaansteker van de Escort. Hij zou het hier wel uithouden tot dat ding er de brui aan gaf. En afgaande op zijn ervaringen met apparaten die door het korps verstrekt waren, gaf McCain het een paar weken.

Door de ruit zag Aberdeen Street er oppervlakkig bezien vrolijk uit. De nacht was onbeweeglijk, de lucht geëlektriseerd door knipperende kerstlampjes die langs de regenpijpen van armoedige houten huisjes opgehangen waren. Struiken en bomen lagen nog steeds bezaaid met sneeuwwresten van de storm van vorige week. IJspegels hingen als dikke tranen aan de dakranden van huisjes langs het huizenblok.

Er woonden niet veel gezinnetjes meer in dit deel van Somerville; de meeste huizen werden onderverhuurd en door kamerbewoners gedeeld. De buurt was geen South Boston of Roxbury. De meeste bewoners waren keurige types: kantoormensen, geboren en getogen in en rond de stad. En ook een flink aantal eindejaarsstudenten, op zoek naar goedkopere woonruimte omdat de kamerprijzen in Cambridge exorbitant hoog waren. Maar de wijk had zijn aandeel foute types.

Het gele huis dat McCain ter observatie toegewezen had gekregen, zat vol studenten. Met inbegrip van het huidige schatje van de foute jongen: een drankzuchtige sociologiestudente van Tufts. Een meisje van goede komaf, momenteel neukend met Romeo Fritt, de moordzuchtige psychopaat. Ze beschouwde de protesten van haar ouders als racisme. Idioten leerden het ook nooit; normaal gesproken was dat niet McCains probleem, alleen wilde het geval dat Fritt gezocht werd voor uiterst brute meervoudige moorden in Perciville, Tennessee, en volgens een anonieme tipgever mogelijkerwijs bivakkeerde in het appartement van het drankzuchtige meisje, waardoor het nu wel zijn probleem was.

Onder zijn parka had McCain de bovenste knoop van zijn broek losgemaakt zodat zijn uitgedijde pens meer ruimte kreeg. Er was een tijd geweest waarin hij kon eten wat hij wilde en een paar uurtjes per week in de sportschool genoeg waren om de op de loer liggende lichamelijke verbreding op afstand te houden.

Dat was niet langer zo.

Een jaar of vijf, zes geleden was hij begonnen met hardlopen 's morgens... een paar kilometer, toen drie, toen vier. Dat hielp een tijdje. Maar nu? Vergeet het maar. Ongeacht de vooruitgang die hij boekte heen en weer over Commonwealth, bleef zijn taille uitdijen. Vervolgens, als het toppunt van ironie, was rond dezelfde tijd dat hij in gewicht toe begon te nemen zijn haar uit gaan vallen. En tóén, om de zaak er nog maar eens een fucking stukje erger op te maken, begonnen er ineens nutteloze haren uit zijn neus en oren te groeien.

Waar sloeg dat goddomme allemaal op?

Hij goot het laatste restje koffie naar binnen en slingerde het kartonnen bekertje op de achterbank. Er was het afgelopen uur geen teken van leven geweest in het gele huis. Hij had nog een uur te gaan voor zijn dienst erop zat. Vanwege de kou werkten ze in diensten van twee uur. De chefs hadden besloten dat het hun imago geen goed zou doen om aangeklaagd te worden wegens bevriezing.

Nog maar één klote-uur te gaan, hoewel hij eigenlijk niet wist waarom hij zich er druk over maakte. Hij had geen reden om naar huis te gaan. Grace had Sandy en Micky junior mee naar de flat van haar ouders in Florida genomen gedurende hun tweeweekse vakantie. Het was de bedoeling dat hij zich later in de week bij hen zou voegen, hopelijk nog vóór Kerstmis, en anders in ieder geval vóór oudejaarsavond. Hoe dan ook, er was nu niemand thuis. Niets levends in huis, met uitzondering van een paar planten.

Sally was drie maanden geleden gestorven en hij rouwde nog steeds om haar. De zeventig kilo zware rottweilerteef was zijn beste kameraad geweest, die samen met hem nachtenlang opbleef als de rest van de familie al in bed lag en zijn werkkamer onderstonk met haar winden. Allemachtig, wat kon die scheten laten. Hij had haar op Beano-voer moeten zetten omdat het te erg werd. Congestief hartfalen had haar de das omgedaan. In drie weken was ze weggeteerd.

Hij miste haar verschrikkelijk. De laatste tijd had hij overwogen een nieuwe rottweiler te nemen, maar uiteindelijk had hij besloten om het niet te doen. Het zou geen Sally zijn. Daarbij leefden honden van dit ras nu eenmaal niet zo lang en hij wist niet of hij zo'n zelfde langdurig rouwproces aankon waarbij zijn ogen continu prikten en hij aan niemand kwijt kon hoe hij zich voelde.

Misschien zou zo'n kerstboompje op zijn dashboard helpen... iets om de boel een beetje op te fleuren, maar ja, wie had daar nu tijd voor?

Over zijn nek wrijvend, rekte McCain zich opnieuw uit en staarde over de donkere straat naar het donkere huis. Het was meer frame dan huis: rijp voor renovatie. Somerville was vol oude bomen en parken, en aan de kant die aan Medford grensde, vlak bij Tufts, zaten een heleboel knusse, studentikoze cafés. Maar toch, daar waar studenten waren, zaten ook altijd schoften die daar hun eigen ding deden.

McCain tuurde door de verrekijker. Het huis stond er nog steeds lusteloos bij. Fritts vriendinnetje bewoonde de bovenste slaapkamer, de eerste fatsoenlijke mazzel die de politie had gehad vanaf het moment dat het opsporingsbericht uit Perciville was binnengekomen. Maar niet alles ging zo soepel.

Nog vijftig minuten te gaan.

McCain besefte ineens dat hij zich eenzaam voelde. Hij pakte zijn mobiele telefoon en drukte op snelkeuzetoets 3. Na twee keer rinkelen nam ze op.

'Ha,' zei hij in het toestel.

'Ha,' antwoordde ze. 'Iets?'

'Niets.'

'Geen enkele beweging?'

'Zo donker als een heksentiet.'

Het bleef even stil aan de andere kant van de lijn. 'En, hoe donker is een heksentiet precies?'

'Heel erg donker,' antwoordde McCain.

'Denk je dat-ie pleite is?'

'Tja, misschien. In dat geval denk ik dat we ons een beetje zorgen moeten maken om het grietje. Oké, ze spoort niet, 't is een achterlijk studentje dat helemaal lijp is van deze psychoot, maar dat is nog geen reden om te sterven.'

'Aardig van je om er zo over te denken. Is ze vandaag naar haar colleges geweest?'

'Geen idee. Ik zal 't uitzoeken en dan bel ik je terug. Ik hoop echt dat ze niet met hem mee is gegaan.'

'Ja,' zei ze. 'Dat zou niet best zijn. Hoe lang moet je nog?'

'Nog...' McCain tuurde naar de lichtgevende wijzers van zijn horloge, '... vijfenveertig minuten. Neem jij het over?'

'Feldspar valt voor me in.'

'Wat?' sneerde McCain. 'Waarom hij?'

'Omdat Marcus vanavond een wedstrijd heeft en Feldspar stond boven aan de lijst met invallers, dus daarom!'

'Jezus, Dorothy, ik heb koppijn, pijn in mijn rug en die verrekte benen van me zijn lam. Hou op zo tegen me te katten.'

'Je zit zelf te katten. Ik gaf alleen maar antwoord.'

Stilte.

McCain zei: 'Veel plezier bij de wedstrijd. Spreek je later...'

'Kappen!'

'Waarmee?'

'Met zo op je tenen getrapt te zijn. Het is elke keer hetzelfde liedje als Grace weg is.'

'Ik kan heel goed voor mezelf zorgen, dank je.'

'Ja, hoor.'

'Dag, Dorothy.'

'Waarom ga je vanavond niet met me mee naar de wedstrijd?'

McCain dacht even na. 'Lamaar. Je zou alleen maar de hele avond zitten te zeiken dat ik slecht gezelschap ben.'

'Je bent altijd slecht gezelschap. Kom nou toch maar.'

'Ik heb gehoord dat het uitverkocht was.'

'Ik heb een VIP-pas.'

McCain gaf geen antwoord.

'Kom op, Micky! Ze staan twaalf tegen één; hartstikke goed natuurlijk voor de NCAA, en met Julius erbij kunnen ze nog veel verder komen. Je zou ze moeten zien als ze eenmaal op dreef zijn. Het lijkt wel ballet.'

'Ik haat ballet.'

'Ja, nou, daarom zei ik dat het er alleen maar op líjkt. Hou nou eens op met kniezen. Je zult je een stuk beter voelen als je de deur uit gaat.'

McCain gaf geen antwoord.

Dorothy zei: 'Dan moet je het zelf maar weten, Micky.'

'Hoe laat?'

'Acht uur.'

Weer wierp McCain een blik op zijn horloge. 'Dat wordt haasten.'

'Zo ver zit je niet van Boston Ferris. Ook al verdien je het niet, ik zal een kaartje voor je achterlaten bij de toegang.'

'Hoe bedoel je dat ik het niet verdien?'

'Dat lijkt me duidelijk.' Dorothy hing op.

McCain drukte haar nummer weg en gooide zijn mobieltje op de passagiersstoel. Hij pakte de verrekijker weer op. Nog steeds niets.

Ach ja, misschien zou Feldspar de geluksvogel worden.

Hoewel het hem moeite kostte om het toe te geven, voelde hij zich al een beetje beter.

Het was fijn om gewenst te zijn.

3

Het Boston Ferris College was vijftig jaar geleden gesticht, maar de gebouwen stonden er al een eeuw langer. Het oord was met zorg gebouwd in de bossen van New England; de brahmaanse architect die het ontworpen had, had rekening gehouden met de bosrijke omgeving die er jaren over had gedaan om wortel te schieten.

De stenen gebouwen in Georgian stijl werden opgeluisterd door torenhoge bomen en omringd door voetpaden van kinderkopjes. In het midden van de campus lag een groot natuurlijk meer, nu bedekt met ijs. In de herfst kon je niets beters bedenken dan zittend op een bankje onder een wuivende iep brood aan de eenden te voeren. Maar in de winter, vooral 's nachts als er ijs op de voetpaden lag, lagen de uitgestrekte grasvelden onder een deken van sneeuw en sneed er een snerpende wind door de bomen en de overdekte passages. Vanavond was het verdomde oord kouder dan een koelcel.

Tegen de tijd dat McCain er aankwam, was er alleen nog een heel eind van het stadion plek om te parkeren, waardoor hij vallend en glijdend door het donker moest, in de hoop dat zijn achterste voldoende beschermd was om een van die plotselinge vallen te overleven die je overrompelen als een onverwachte stomp in je gezicht. Hij ploeterde voort, voelde zich onhandig en vervloekte de kou en zijn leven. En Dorothy, omdat ze hem hierheen had laten komen.

Niet dat ze dat echt gedaan had. Hij was vrijwillig gekomen omdat het thuis niet bepaald een gezellige boel was en hij er schoon genoeg van had om zappend in een veel te warme slaapkamer in zijn onderbroek rond te drentelen.

Het stadion kwam in zicht. Versierd met kerstverlichting die hem begroette als een uitnodigend baken. McCain redde het zonder kleerscheuren, haalde zijn kaartje op, liep naar de snackbar en kocht een vette hap voor zichzelf en de anderen. Volgens de scoreklok was hij tien minuten na het begin van de eerste helft binnengekomen. De Boston Ferris Pirates speelden tegen de Ducaine Seahawks, en nu al was hun voorsprong tot twee cijfers opgelopen. Er suisde een elektrisch gezoem door de menigte. De opgewonden sfeer die bij een winnend team hoort.

Terwijl hij zijn weg zocht over het middenpad, met in zijn

handen een grijs kartonnen dienblad met koffie, frisdrank en hotdogs, nam hij alle lelijke dingen terug die hij Dorothy had toegewenst. Nu zijn vingers eenmaal ontdooid waren, was hij blij dat hij er was. Dit was collegebasketbal, maar kaartjes voor wedstrijden van Boston Ferris waren schaars. Hij moest even een paar uurtjes weg uit zijn gewone leven. McCain was altijd van streek als Grace weg was. Hoewel hij niet altijd de meest trouwe echtgenoot geweest was, droeg hij zijn gezin op handen. Als je niet van je familie hield, wat had je dan nog voor reden om 's morgens op te staan?

De Pirates hadden hun reservespeler ingezet zodat Julius Van Beest, de ruim twee meter lange talentvolle topscorer, de kans kreeg om uit te rusten. 'Het Beest' ging rustig zitten en veegde zijn overdadig zwetende gezicht af met een handdoek. McCain wierp een blik op het elektronische scorebord toen hij de trap af liep. Tien minuten speeltijd, en nu al had Van Beest twaalf punten en zes rebounds gescoord. Slechts één assist, één meer dan Van Beest meestal per wedstrijd had. Niet dat de jongeman balgeil was... hoewel, ja, dat was precies wat hij was. Maar wie kon dat nu iets schelen? De meeste aanvallen gingen door zijn handen.

Marcus Breton stond in het veld en dribbelde de bal net terug naar de aanvalshelft op het moment dat McCain op zijn plaats arriveerde. Rij zeven midden. Dorothy keurde hem nauwelijks een blik waardig, zo ging ze op in haar zoon. Hij stak haar een hotdog toe. Ze pakte hem aan maar nam geen hap, haar ogen bleven strak op het veld gericht.

Marcus dribbelde even op de plaats en zette toen de aanval in naar de basket. Toen hij de lay-up wilde inzetten, werd hij aangevallen, en reageerde door op hetzelfde moment een adembenemende draai van negentig graden te maken en achter zijn rug langs een pass naar de center te geven die de bal vervolgens in de basket dunkte. De menigte brulde, maar niemand zo hard als Dorothy. Ze klapte hard in haar handen en besefte toen pas dat ze een hotdog vasthad. Haar worstje vloog uit het broodje en sloeg tegen de stoel voor haar.

Dorothy barstte in lachen uit. 'Zag je dat? Zág je dat?' Ze sloeg McCain hard genoeg op zijn rug om hem voorover te laten klappen. Het was maar goed dat hij het kartonnen dienblad op de grond onder zijn stoel had gezet, anders zou het geen prettig moment geweest zijn.

'Ja, ik zag het,' antwoordde McCain. Hij keek naar de onbekende aan Dorothy's linkerzijde. 'Waar is Spencer?'

De opgetogen blik gleed van haar gezicht. 'Thuis, voor straf.'

Dat bracht McCain van zijn stuk. Dorothy's jongste zoon was gek op basketbal en hij adoreerde zijn broer. Er moest wel iets heel ergs gebeurd zijn dat Dorothy hem op die manier strafte. 'Wat heeft hij gedaan?'

'Dat vertel ik je in de rust.' Ze begon te scanderen: 'Défense... défense... défense...'

Marcus dekte nu een speler die minstens tien centimeter langer was dan hij. Wat de jongen tekortkwam in lengte, maakte hij goed in snelheid. Hij zoemde als een vervelende mug rond zijn doel, hem dwingend de bal te passen. De center van de Seahawks ving hem op, ging voor de lay-up en miste, maar werd daarbij gehinderd. Hij maakte de eerste vrije worp, toen ging de toeter en kwam een dubbele wissel. Marcus ging eruit en de verdediger die was begonnen, een snelvoetige negentienjarige jongen die naar de naam B.G. luisterde, kwam weer in het veld. Maar zijn rentree ging onopgemerkt voorbij. Zodra Julius opstond van de bank, verdubbelde de rumoerfactor. Hij paradeerde het veld in en nam zijn positie in naast de spelverdeler. Alleen de aanwezigheid van Van Beest al bracht de schutter van zijn stuk. De vijandige center miste zijn tweede schot en Julius pakte de rebound.

Er werd gefloten. Time-out, Pirates.

Dorothy liet zich achteroverzakken, met een dreun tegen het harde stadionstoeltje. 'Nog beweging daar?'

Refererend aan zijn observatieklus. Van ieder ander dan

Dorothy zou de vraag verwarrend geweest zijn. Deze vrouw was de koningin van de hokjesgeest in de ware zin van het woord. Zelf noemde ze het 'googelen zonder computer', een van de nieuwste neologismen van dit moment. McCain vroeg zich af waarom de jeugd van tegenwoordig het nodig vond om zelfstandig naamwoorden als Google en webcam om te bouwen tot werkwoord.

'Niets,' antwoordde McCain. 'Feldspar heeft beloofd te zullen bellen als er iemand op komt dagen, maar naar mijn bescheiden mening is hij 'm gesmeerd.'

'En het meisje?'

'Niets.'

'Heb je contact gehad met haar ouders?'

McCain schudde met zijn pols zodat er een vijftien jaar oude Timex tevoorschijn kwam. 'Tot zesentwintig minuten geleden hadden ze nog steeds niets van haar gehoord. Wat heeft Spencer gedaan?'

'Zei ik niet iets over de rust?'

'Ik hoopte dat je me misschien een korte samenvatting zou kunnen geven.'

'Het ligt nogal ingewikkeld, Micky.'

McCain trok zijn wenkbrauwen op.

De wedstrijd ging verder.

Toen de rust begon, stond het thuisteam rotsvast met een dozijn punten op voorsprong. Toen de Pirates het veld verlieten, brulde Dorothy complimenten naar Marcus, die in antwoord daarop zo onopvallend mogelijk een hand naar zijn moeder opstak.

'Waarom doe je hem dat nou aan?' McCain stak haar een nieuw worstje toe.

'Wat?' Dorothy nam een flinke hap van haar hotdog.

'Naar hem roepen... hem voor schut zetten.'

'Ik zet hem niet voor schut.'

'Jawel, dat doe je wel.'

'Nietes.'

'Welles.'

Dorothy keek hem zuur aan. 'Mag ik alsjeblieft even van mijn hotdog genieten?'

'Wat is er nou met Spencer?'

'Kun je me nu geen minuut rust gunnen voordat je over vervelende zaken begint?'

'Je bent zelf over zaken begonnen.'

'Neehee. Ik begon over záken. Jij begint over vervélende zaken.'

'Ja, ik hou ook vreselijk veel van jou, Dorothy.'

Ze gaf een klopje op McCains knie. 'Wat was je van plan met die extra hotdog die je zo te zien voor Spencer had meegebracht?'

'Hebben?'

'Zullen we 'm delen?'

'Deel jij hem maar,' zei McCain. 'Ik heb geen zin om mijn handen helemaal onder de mosterd en uien te smeren.'

Met gretige behendigheid deelde Dorothy de hotdog doormidden en likte de mosterd en saus van haar vingers. Ze stak McCain zijn helft toe en nam toen een hap van de hare. 'Hij had een revolver, Micky.'

McCains mond bleef halverwege zijn hap steken. 'Waar heb je het over?'

'Spencer.' Nog een hap. 'Ik heb een revolver gevonden in zijn rugzak.'

'Shit... dat is niet best.'

Dorothy's gezicht verdonkerde van mahoniekleurig naar pikzwart. 'Ik kan me niet heugen dat ik ooit zo kwaad ben geweest.'

'Je was anders behoorlijk kwaad toen Gus Connelly in je hand beet.'

'Dat was nog niets.'

'Hoe heb je dat ding gevonden?'

'Toen ik zijn rugzak uitmestte.' Ze draaide haar hoofd om hem aan te kijken, er zat mosterd in een van haar mondhoeken. 'Er zat een vier dagen oude boterham in zijn rugzak die bijna pootjes had gekregen. Toen ik de tas leegmaakte kwam ik dat ding ineens tegen.' Ze schudde haar hoofd. 'Micky, ik was zo kwaad... zo teleurgesteld!'

'Heb je hem gevraagd waarom hij dat ding had?'

'Natuurlijk heb ik dat gevraagd!'

'Wat zei hij?'

'Wat ze allemaal zeggen: "Het is link op straat. Een man moet zichzelf beschermen." Ik kon hem wel wat doen. Na al die gesprekken die we hebben gehad over vuurwapens, al die preken, al die postmortale foto's! Wat is er mís met die jongen?'

'Misschien voelde hij zich bedreigd.'

'Dan moet hij naar me toe komen en me dat zeggen!'

'Misschien schaamt een vijftienjarige jongen van één meter negentig zich een beetje om bij zijn moeder de politieagente te gaan klagen.'

Dorothy reageerde vinnig. 'Wie ben jij? Zijn verdomde zielknijper of zo?'

McCain haalde zijn schouders op en nam nog een hap van zijn hotdog. 'Wat heb je met de revolver gedaan?'

'Die ligt thuis.'

'Ga je 'm door NCIC halen?'

'Waarschijnlijk wel.' Ze schokschouderde. 'Je weet maar nooit. Hij wil me niet eens zeggen waar hij het ding vandaan heeft. Dat is nou juist waar ik zo kwaad om ben.'

'Je wilt toch niet dat je zoon een verrader is?'

Opnieuw staarde ze hem kwaad aan. 'Maak jezelf eens nuttig en haal een kop koffie voor me.'

'Tot uw dienst, mevrouw.'

Dorothy keek hem na. Toegevend aan haar ongerustheid, belde ze naar huis. Tot haar grote opluchting nam Spencer bij de tweede keer rinkelen op. Ze had hem huisarrest gegeven en daar hield hij zich aan. Een goed begin. 'Met mij.'

Geen reactie aan de andere kant van de lijn.

Dorothy zei: 'Wat ben je aan het doen?'
'De wedstrijd aan het kijken.'
'Alleen?'
'Ja, alleen. Je hebt gezegd "geen vrienden". Wat ben je aan het doen, ma? Ben je me aan het controleren?'
Ja, dat was precies wat ze aan het doen was. Ze hoorde de beschuldiging in zijn stem: *Je vertrouwt me niet.* 'Goed, als een van je vrienden zin heeft om naar je toe te komen en samen naar de wedstrijd te kijken, dan zal ik geen bezwaar maken.'
Stilte. 'Wat is er, ma? Voel je je schuldig, of zo?'
'Ik heb geen enkele reden om me schuldig te voelen, Spencer Martin Breton. Ik stel me alleen flexibel op. Heb je daar problemen mee?'
'Nee, nee, helemaal niet.' Stilte. 'Bedankt, ma. Ik weet dat Rashid bij Richie thuis naar de wedstrijd zit te kijken. Mogen ze allebei hierheen komen? Ik beloof dat we er geen bende van zullen maken, en als dat toch gebeurt, dan ruim ik het zelf op.'
'Nou ja, ik neem aan dat...'
'Bedankt, ma. Je bent top.'
'Er liggen twee zakken zoutjes en chips in de kast. En er staat frisdrank. Geen bier, Spencer. Dat meen ik.'
'Ik lust geen bier.'
Hoe weet hij dat? Dorothy zei: 'We zullen het er nog wel over moeten hebben, dat weet je, hè?'
'Ja, ja. Kan ik ze nu bellen voordat de rust voorbij is?'
'Prima...'
'Dag.'
De jongen hing op voor zijn moeder nog iets kon zeggen. McCain kwam naast haar zitten en overhandigde haar koffie en nog een hotdog. 'Alles goed?'
'Ja hoor. Hoezo?'
'Omdat er een bepaalde blik op je gezicht ligt: een kruising tussen woede en schuldgevoel.'

Dorothy rolde met haar ogen. 'Het is jouw schuld dat ik me schuldig voelde. Ik heb tegen hem gezegd dat hij een paar vrienden mag vragen om thuis naar de wedstrijd te komen kijken.' Ze nam een slokje van de hete vloeistof. 'Denk je dat ik daar goed aan heb gedaan?'

'Zeker. Niet dat het ertoe doet. Je krijgt sowieso de schuld.'

'Dat is waar.' Dorothy dacht even na. 'Weet je, ik word er echt bang van... Spencer met een wapen. Ik ben echt heel erg... heel erg verontrust, Micky.'

McCain zette het blad met eten neer en sloeg zijn arm om zijn partner. 'Je overleeft het wel weer, schat.'

Ze liet haar hoofd op zijn schouder rusten. 'Het is zo'n zooitje daarbuiten, Micky. Ik probeer mezelf wijs te maken dat dat wat wij zien, niet het normale leven is. Maar zoals het er tegenwoordig aan toegaat op scholen, zelfs op privé-scholen, wordt het steeds onvriendelijker.'

'Kijk naar wat je hebt, Dorothy,' zei McCain troostend. 'Kijk Marcus nou! Hij kan met gemak rechten gaan studeren en waarschijnlijk krijgt-ie nog een volledige beurs ook.'

'Spencer is Marcus niet. Hij kan lang niet zo goed leren als Marcus, en goed kunnen basketballen is niet genoeg!'

'Genoeg om hem te kunnen laten studeren.'

Dorothy ging rechtop zitten. 'Als hij het daar niet waarmaakt, dan is zijn studie niets waard.'

'Alles op zijn tijd, meisje.' De toeter ging. De rust was voorbij. 'Mag ik voorstellen dat we niet aan werk of kinderen of het huwelijk denken en gewoon van de wedstrijd gaan genieten?'

'Ja, kijk, daarom is sport goed voor de mensheid. We kunnen doen alsof ons leven ervan afhangt, maar eigenlijk gaat het nergens over.'

'Een waarheid als een koe,' antwoordde McCain.

De tegenstander bracht de bal in het spel en miste het eerste schot.

Ogenblikkelijk daarop pakte Julius de rebound en passte de bal naar de *pointguard* zodat die voor de lay-up kon gaan. De Seahawks namen hun posities in de zone in in plaats van *man-to-man* te spelen. Zodra Julius de bal in handen kreeg werd hij door twee man gedekt, dus schoot hij hem naar de vrije-worplijn. B.G. probeerde het met een ver afstandschot en miste, en toen kwam Julius met een offensieve rebound.

Julius sprong op voor het schot.

Op dat moment werd hij vol op zijn borst geraakt door de arm van de center van de tegenpartij. Hij vloog achterover en zijn hoofd raakte de grond als eerste: een luide plof die rond echode op het moment dat zijn schedel in aanraking kwam met het hout. Het publiek hield als één man de adem in. Vervolgens heerste er doodse stilte terwijl de coach, trainer en zijn ploeggenoten naar het veld renden en zich rond het bewegingloze lichaam van Van Beest verzamelden. De daaropvolgende momenten spreidde de tijd zich eindeloos uit, totdat de tijd stil leek te staan.

'Jezus, wat bezielde die knul?' mompelde McCain zachtjes. 'Het is toch geen kroeggevecht?'

'En dan zeggen ze dat b-bal geen contactsport is,' antwoordde Dorothy. 'Stomme kinderen.'

'Stomme coaches. Ik weet zeker dat Ducaines coach tegen ze heeft gezegd: "Het kan me niet schelen hoe jullie het doen, verdomme, maar zorg dat je hem neerhaalt."'

'Als hij dat gezegd heeft, hoop ik dat hij ontslagen wordt,' kaatste Dorothy terug. 'Gearresteerd.'

'Mee eens.' McCain staarde naar het veld. 'Volgens mij beweegt hij zijn tenen. Julius.'

Dorothy strekte haar nek en keek op naar het enorme scherm. 'Ja, ze praten tegen hem.'

'Dus hij is bij bewustzijn?'

'Ja, volgens mij is hij bij. Goddank!'

Er kwamen twee mannen aanzetten met een brancard,

33

maar de coach van Boston Ferris wuifde ze weg. Langzaam kwam Julius overeind en stak zijn hand op.

De menigte barstte uit in oorverdovend gejuich.

Twee trainers van de Pirates hielpen Julius overeind. Onmiskenbaar wankel sloeg Van Beest een arm rond een van de trainers en deed hij een paar rek- en strekoefeningen. Als Van Beest niet in staat zou zijn een poging te doen zijn vrije worpen te schieten, dan zou hij de rest van de wedstrijd op de bank moeten zitten.

Na een minuut of twee lukte het Van Beest om zich zonder hulp naar de vrije-worplijn te begeven. Hij schudde een paar keer met zijn hoofd en knipperde meerdere malen met zijn ogen. Hij was uit balans en buiten adem.

Zijn eerste schot was mis, maar het tweede was raak.

Zelfs in deze compromitterende staat presteerde hij het om de bal door de ring te gooien. Ongelooflijk, bedacht McCain. Dat soort talent moest je door God gegeven zijn.

Omdat de fout als een zware overtreding werd bestempeld, herwonnen de Pirates balbezit. Onmiddellijk werd er een time-out aangevraagd en gewisseld. Julius kreeg een enorm applaus toen hij naar de kleedkamers begeleid werd. Marcus kwam terug in het veld.

De topscorer van de Pirates bleef meer dan tien minuten speeltijd weg, waardoor Ducaine de kans kreeg terug in het spel te komen en ze de achterstand terugbrachten tot één punt verschil. Maar toen, het leek Hollywood wel, kwam Julius langs de zijlijn aangejogd in zijn warming-upkleren. Met overdreven flair stapte hij uit zijn pak en zonder zijn coach zelfs maar een blik waardig te keuren, liet hij zich voor de scoretafel zakken, wachtend op de toeter die de wissel aan moest kondigen.

Een minuut later was hij terug in het veld, vastberaden en doelgericht. Hij deed zijn eerste poging, een verre driepunter vanaf de vrije-worplijn, om iedereen te laten zien dat zijn handen en ogen nog steeds in perfecte harmonie werkten.

Op de eigen helft pakte hij de rebound, bracht de bal zelf naar de aanvalshelft en scoorde met een dunk.

Julius was boos.

Julius had vleugels gekregen.

Julius was niet te houden.

Uiteindelijk behaalden de Pirates een persoonlijk record in de wedstrijd tegen Ducaine door te winnen met vierentwintig punten verschil.

4

Om zijn tenen vorstvrij te houden, maakte McCain kleine sprongetjes toen hij Dorothy buiten het stadion opwachtte. Ze móést haar zoon gewoon gedag zeggen. Ze waren door de portiers het gebouw uit geschopt, en nu stonden ze in de ijzig koude nacht te wachten op het team omdat de coach kennelijk een zware aanval van postwedstrijdtale praatzucht had. Ze stonden te midden van een enclave mensen die hun felicitaties wilden overbrengen, vrienden en familie, en nog een aantal fanatiekelingen van middelbare leeftijd voor wie de kwaliteit van leven afhing van de zeges van het team.

Mannen zonder leven.

McCain schudde het plotseling opkomende mistroostige gevoel van zich af door zijn gezicht te bedekken met zijn gehandschoende handen en zijn warme adem over zijn ijskoude neus te laten glijden. 'Ik weet niet hoeveel langer ik hier nog kan blijven staan, Dorothy.'

'Ga dan naar huis.'

'Niet voordat jij gaat.'

Ze draaide zich naar hem om. 'Ik ben niet degene die hier staat te bevriezen.'

'Hij zit nu niet op je te wachten hoor, Dorothy.'

Ze keek hem kwaad aan. 'Gaan we de wijze man uithangen?'

'Ja zeker. Deze wijze man kan zich namelijk de tijd nog heel goed herinneren dat kinderen niet zitten te wachten op hun moeder.'

Een achterdeur ging open en de teamleden begonnen naar buiten te druppelen. Onmiddellijk steeg er gejuich op. Er werd op schouders geslagen en gekust. Marcus liep op zijn moeder af, en Dorothy, niet de meest subtiele persoon, sloeg haar handen rond zijn nek en knuffelde hem hard genoeg om een paar ribben te kneuzen. Hij klopte een paar keer minzaam op haar rug en maakte zich toen los uit haar omhelzing.

'Ha die Micky,' zei Marcus met een brede grijns. 'Bedankt voor het komen.'

'Je hebt een paar mooie acties laten zien vanavond.'

'Zeker, het was een toffe wedstrijd.'

Dorothy zei: 'Wat dachten jullie ervan als we het eens gingen vieren met een stuk kwarktaart bij Finale's?'

Marcus glimlachte bedeesd. 'Om eerlijk te zijn, ma, waren de jongens en ik van plan ergens iets te gaan drinken.'

Dorothy's ogen knepen samen. 'Waar?'

'Waar?'

'Ja. Waar?'

'Ma, ik ben eenentwintig.'

'Ik weet hoe oud je bent. Ik heb je gebaard, weet je nog?'

'Ik geloof niet dat dit een goed moment is voor dit gesprek, ma...'

'Probeer me niet af te bluffen, Marcus.'

Marcus bleef stoïcijns, maar zijn gezicht stond strak. 'We gaan een paar clubs af, dat is alles.' Hij gaf een zoen op haar wang. 'Ga naar huis. Blijf niet op me wachten.' Marcus jogde weg en voegde zich bij zijn teamgenoten die hem met vuist- en borststoten verwelkomden. Julius stapte op hem af, greep zijn hoofd vast en ploegde met zijn knokkels over Marcus' helm van kroezend haar.

Dorothy klikte met haar tong en probeerde haar teleurstelling te verbergen. McCain sloeg een arm om haar heen.

'Zullen wij samen naar Finale's gaan?'

Ze gaf geen antwoord.

'Dorothy?'

'Ja, ik ben er nog. Ik geloof dat ik een beetje moe ben. En ik moet met Spencer praten. Het is beter als ik naar huis ga.' Ze wendde zich af. 'Maar evengoed bedankt.'

McCain zei: 'Bijt mijn kop er niet af, Dorothy, maar ik zat te denken... Waarom laat je mij niet even met Spencer praten? Het is maar een idee, oké? En denk alsjeblieft even na voordat je me afwijst.'

Ze overwoog het even. 'Oké.'

McCain was stomverbaasd. 'Oké?'

'Ik ben op dit moment niet op mijn best, Micky. Ik ben slim genoeg om dat zelf in te zien.'

'Goed dan.' McCain drukte een stukje nicotinekauwgum uit de verpakking en stopte het in zijn mond. 'Dan zie ik je straks bij jou thuis.'

'Dank je, Mick. Je bent een fijne vriend.'

Ze boog naar hem toe en gaf hem een zoen boven op zijn hoofd. Ze was tweeënhalve centimeter langer dan hij en woog een kilo of tien meer. Op goede dagen kon ze van hem winnen met armworstelen. Ze was sterk, slim en onverschrokken, en dwong automatisch respect af van iedereen, van heel hoge pieten tot aan de meest doorgewinterde criminelen. Mensen luisterden naar haar... behalve haar eigen kinderen uiteraard.

Niet dat Spencer arrogant was, of onbeleefd. Hij onderbrak het verhaal niet, hij rolde zelfs niet eenmaal met zijn ogen – een trekje dat tot in perfectie uitgewerkt was door Micky junior. Hij knikte op de juiste momenten en keek daar gepast ernstig bij. Maar het was McCain overduidelijk dat de boodschap niet overkwam. Spencer droeg een wapen op zak omdat hij het gevoel had dat hij gevaar liep, ook al wezen statistieken uit dat de kans groter was dat de knul zichzelf of een onschuldige voorbijganger zou raken, dan dat hij ooit zelf recht in de loop van een pistool zou kijken.

'Je moet heel goed weten wat je doet, Spence,' zei McCain. 'Want voor je het weet draait je belager de zaak om en heeft hij ineens een wapen in handen om tegen jou te gebruiken.'

Een knikje.

'Je zou het jezelf nooit vergeven als je per ongeluk iemand doodschoot... zelfs niet als het echt per ongeluk was. Daar kom je nooit meer overheen: iemand van het leven beroven, zelfs niet als het wettelijk toegestaan is. Dat is niet iets wat je de rest van je leven met je mee wilt dragen. Dus het is het risico gewoon niet waard.'

Stilte.

Ze zaten aan tafel in de eethoek, de kerstboom van het gezin Breton, een klein ding, stond weggepropt in een hoekje van de woonkamer. Het voegde een vrolijke noot toe aan het verder zo serieuze gesprek.

Dorothy had een verse pot decafeïne gezet toen ze thuis waren gekomen. McCain had de pot praktisch leeggedronken terwijl de jongen zijn ene blikje cola koesterde. Dorothy had zichzelf opgesloten in haar slaapkamer, maar zat daar waarschijnlijk met haar oor tegen de deur gekluisterd.

Ten slotte begon de jongen met zachte, maar toonloze stem te praten: 'Heb jij echt wel eens iemand doodgeschoten, Micky?'

McCain aarzelde en knikte toen. 'Twee keer. En na de eerste keer was de tweede keer echt niet gemakkelijker.'

Spencer knikte. 'En daar heb je het moeilijk mee gehad, hè?'

'Moeilijk is niet het goede woord. Het is een kwelling.'

'Maar elke morgen ga je naar je werk met een pistool in je holster, ook al weet je dat het nog een keer kan gebeuren. Waarom?'

'Waarom?' McCain stootte een kort lachje uit. 'Omdat het bij mijn werk hoort. Ik zit bij de politie. Ik word geacht een pistool te dragen. Eerlijk gezegd zou ik het liever zonder doen. Zeker bij ons soort werk. Kijk, een agent in uniform, dat is een ander verhaal. Hij moet wel zo'n ding bij zich hebben.'

'Waarom?'

'Omdat gewone agenten nogal eens in linke situaties terechtkomen. Zonder pistool... pff. Dat is echt niet altijd feest, en voordat je nu wat zegt, ik weet wat je denkt. Je hoort mij niet zeggen dat het er op openbare scholen altijd lekker aan toegaat, Spence. Ik begrijp je heus wel. Maar je zult de gok moeten nemen. En de kans dat er iets gebeurt met zo'n ding is een stuk groter dan zónder.'

'Ja hoor, leg dat maar eens uit aan Frankie Goshad en Derek Trick. Alleen denk ik niet dat ze je twee meter onder de grond erg goed zullen verstaan.'

'Vrienden van je?'

'Derek meer dan Frankie, maar daar gaat het niet om. Ze deden nooit niks, ze deden gewoon hun eigen ding en bemoeiden zich met hun eigen zaken, en dan rijdt er zo'n klojo voorbij die loopt te "bullshitten" en met een automaat begint te zwaaien. En ineens zijn ze allebei dood. Als ze zelf een pistool hadden gehad, dan hadden ze zichzelf misschien kunnen beschermen.'

'En misschien ook niet.'

'Dan waren ze tenminste als kerels kapotgegaan, in plaats van opgeblazen te worden als een stel bonuspunten in een videospelletje.'

'En voor hetzelfde geld hadden ze een kind geraakt of iemand anders die er helemaal niets mee te maken had, voordat ze zelf overhoop geschoten werden.' McCain verschoof zijn gewicht. 'Het punt is, Spence, dat hoe je het ook wendt of keert, het illegaal is. En je brengt niet alleen jezelf in gevaar, maar ook je moeder.'

De ogen van de jongen gleden naar het plafond. Het geven van een antwoord werd hem bespaard doordat de telefoon ging. Spencers wenkbrauwen schoten omhoog en er verscheen een verbaasde blik op zijn gezicht. 'Een van je vrienden?' vroeg McCain.

'Nee, die bellen me op mijn mobieltje.' De tiener kwam langzaam overeind en pakte de hoorn van de haak. 'Hallo?' Zijn slaperige ogen sperden zich ineens open. 'Wat is er? Alles goed, broertje?'

McCain hoorde sirenes aan de andere kant van de lijn en een jongensstem die brulde: '*Ga ma halen, nu!*' Hij griste de telefoon uit Spencers handen. 'Marcus, Micky hier. Wat is er aan de hand?'

'Van alles, Micky!'

'Wat is er gebeurd? Met jou alles goed?'

'Ja, ik heb niks, maar het is hier goed mis. Iemand heeft hier met een pistool lopen zwaaien...'

'Jezus!'

'Iedereen loopt te gillen en te huilen. Overal ligt bloed. Agenten hebben de tent afgegrendeld.'

'Waar zit je, Marcus?' McCains hart ging als een wilde tekeer.

'In een club in het centrum van Boston.'

'In welke wijk?'

'Lansdowne.'

'In het Avalon?'

'Nee, een nieuwe tent... Genie-iets... Wacht even... O ja, Pharaoh's Genie. Een paar straten verder dan het Avalon.'

'Ik haal je moeder en dan komen we er meteen aan. Weet je zeker dat je niets voor me achterhoudt? Met jou is alles in orde, toch?'

'Ja, ik heb echt niks, Micky. Maar ik zeg je, het is echt foute boel. Julius is dood.'

Pikzwarte luchten, slecht zicht en gladde wegen zorgden ervoor dat de rit traag en gevaarlijk verliep. Het enige positieve was dat er zo laat op de avond nauwelijks ander verkeer op de weg was. McCain reed omdat hij Dorothy niet
achter het stuur wilde hebben. Zelfs onder zijn zelfverze-
kerde handen reed de wagen slippend en glijdend door moeilijk begaanbare straten en geïmproviseerde doorgangen en
omleidingen.

Het centrum van Boston was één grote vervloekte omlei-
ding, met dank aan de *Big Dig*, die ook wel bekendstond als
de *Big Boondoggle*. Decennia waren er al voorbijgegaan,
tientallen miljoenen dollars meer dan het oorspronkelijke
budget bleven in het project gepompt worden, en nog steeds
was het spitsuur één grote verdomde puinhoop. Een aantal
van de grote toegangswegen was geopend, maar de plano-
logen hadden er niet op gerekend dat de stad en zijn naaste
omgeving sneller zouden groeien dan zij konden bouwen.
Gewoonweg fantastisch. Iemand werd hier heel erg rijk van.
En zoals gewoonlijk was dat niet McCain.

De vrouw die al acht jaar zijn partner was, zat op de passagiersstoel, verstard en met opeengeklemde kaken. Ze zat
ingebakerd in jas, handschoenen en sjaal, en op haar voorhoofd parelden kleine zweetdruppeltjes omdat de verwarming voluit aanstond. McCain overwoog een gesprek maar
verwierp dat idee. Wat viel er te zeggen? Met niets anders
om zichzelf bezig te houden, liet hij zijn gedachten gaan over
dat wat ze te wachten stond.

Marcus was niet scheutig met details geweest: een schietpartij als gevolg van een of andere luidruchtige woorden-
wisseling. Iets over een meisje dat met de verkeerde jongen
had gedanst, maar er leek meer achter te zitten. Leden van
Ducaines basketbalteam waren in een scheldpartij verwik-

keld geraakt met een paar jongens van de Pirates. Misschien hadden zij op Julius geschoten, of misschien was Van Beest alleen maar per ongeluk in de vuurlinie terechtgekomen, waar zijn postuur ditmaal in zijn nadeel werkte. Voorzover Marcus wist, was Julius het enige dodelijke slachtoffer, maar er waren anderen die gewond waren geraakt.

'Ik ben benieuwd wie ze hier op gezet hebben,' zei Dorothy. McCain schrok van het plotselinge stemgeluid. 'Liet ik je schrikken? Sorry.'

'Nee, ik was gewoon even ver weg. Ja, dat zat ik ook net te denken. Wilde en Gomes waarschijnlijk.'

'Waarschijnlijk.'

'Die zijn goed.'

'Ja, die zijn goed.' Het duurde even voor ze weer iets zei. 'Niet al te eenkennig.'

'Nee, begin er niet aan, Dorothy, ik weet wat je denkt. Je bent veel te nauw bij deze zaak betrokken.'

'Het was niet mijn kind, Micky. Daarbij komt: ik kan een persoonlijke bijdrage leveren. Ik ken Ellen Van Beest. Niet goed, maar beter dan zij.'

'Dat kan in je nadeel werken.'

Ze negeerde hem. 'Denk je dat het persoonlijk bedoeld was tegen Julius?'

'Wie zal het zeggen?'

'Het is een beetje vreemd dat hij als enige omgekomen is.'

'Marcus weet niet alles. Misschien zijn er meer doden.'

'Lieve god, laten we hopen van niet.'

McCain nam een te snelle bocht en de wagen slipte op het ijs. 'Oeps. Sorry!'

Dorothy zette de *blower* van de verwarming wat zachter. 'Ik weet het niet hoor, Michael. Ik wacht nog steeds op de dag dat het wat makkelijker wordt om moeder te zijn. Ondertussen geloof ik dat ik beter op die Godot kan wachten.'

'Op wie?'

'Laat maar.'

Het werd stil in de auto met uitzondering van het gestage gesuis van de warme lucht van de motor van de Honda.

Pharaoh's Genie lag aan Lansdowne Avenue, ongeveer anderhalf blok van de groen geschilderde omheining van Fenway Park, niet ver van Gold's Gym. Voor Bostoniaanse begrippen was het een brede straat, ingesloten door oude stenen fabriekspanden en pakhuizen, waarvan een aantal verbouwd was tot clubs en bars. McCain kon niet in de buurt komen met de auto. Het hele blok was verstopt met surveillanceauto's en burgerwagens, ambulances en wagens van de technische dienst. Felle witte spots deden de kerstverlichting verbleken. Achter het kordon wemelde het van de in hun handen wrijvende en stampvoetende toeschouwers. Bereid te bevriezen om maar een glimp op te vangen van andermans ellende.

McCain parkeerde de auto en nadat ze uitgestapt waren legden ze de weg naar de plek des onheils ploeterend af. Zodra ze binnen gehoorsafstand van de plaats van handeling kwamen, probeerden een paar geüniformeerde agenten hen op afstand te houden. De kleinste van het duo, een jonge roodharige Ier luisterend naar de naam Grady, knipperde een paar keer en herkende Dorothy toen. Zelfs gehuld in dikke lagen wol was ze met haar postuur moeilijk over het hoofd te zien.

'Excuses, rechercheur Breton. Ik zag even niet dat u het was.' Hij deed een pas opzij om haar door te laten. 'Waar is uw wagen?'

Zuidelijk accent. Het kwam eruit als: 'Waahzuwagen?' Toen zag de man McCain en werd de blik in zijn ogen weer zakelijk.

McCain vroeg zich af: Waar lijk ik op als het niet op een politieagent is? Hij liet zijn gouden politiepenning zien. 'We hebben een stuk terug moeten parkeren. Wanneer is het alarm binnengekomen?'

'Een minuut of veertig geleden.' Grady wipte op en neer.

'De brandweer zou deze tenten moeten sluiten. Het is een en al ellende.'

'Dan openen ze gewoon ergens een andere.' Dorothy baande zich een weg naar voren. 'Ik ga Marcus zoeken.' McCain volgde.

De club met zijn matzwart geverfde stenen buitenkant was ooit een pakhuis geweest. De toegang werd verschaft door een kleine stalen deur, waardoor de ruimte een rattenval werd in geval van brand. Op het moment dat McCain binnenstapte sloeg de naar vers bloed en kruitdampen ruikende lucht als een klap in zijn gezicht. Er heerste chaos, waarin politiemensen hun uiterste best deden de geschokte getuigen te kalmeren terwijl ambulancebroeders zich om de gewonden bekommerden. Een jonge zwarte man lag op de grond met zijn gezicht naar beneden, zijn handen geboeid achter zijn rug, bewaakt door niet minder dan vier geüniformeerde agenten, want het was een heel grote jongen.

Dorothy liet haar ogen snel door de ruimte dwalen, op zoek naar Marcus, maar de menigte stond te dicht op elkaar en de verlichting was slecht. De binnenmuren waren ook zwart geverfd, verlicht door blacklight-spots die het geheel de spookachtige uitstraling van een spiegeldoolhof gaven. De bespiegelde achterwand van de lange bar langs de wand aan de oostelijke zijde van het pand creëerde wel wat ruimtelijkheid, maar dat diende meer voor de sfeer dan voor het zicht. De ruimte was bepakt met mensen, omgegooide tafeltjes, en heel veel stoelen. Twee vijf meter hoge stalen kerstbomen flankeerden het podium, met twinkelende Tivolilichtjes die daarmee hun bijdrage leverden aan het surrealistische geheel. Een aantal van de overdadig aangebrachte ornamenten was gevallen en stukgeslagen op de dansvloer. Ambulancebroeders hadden open plekken gecreëerd waar ze gewonden en geschrokken aanwezigen behandelden.

Een vip-entresol stak een eind boven de begane grond uit en deze verdieping had zijn eigen bars en serveersters. In plaats van barkrukken of houten regisseursstoelen, stonden er luxe fluwelen sofa's en tweezitsbankjes. Op deze galerij waren de meeste leden van de technische dienst aan het werk. Zelfs van deze afstand kon McCain een bungelende arm onderscheiden.

Hij keek zijn partner aan. Er welden tranen op in Dorothy's ogen. 'Ik weet niet of ik dat al aankan. Ga jij maar. Ik ga eerst op zoek naar Marcus.'

'Goed plan.' McCain gaf een stevig kneepje in haar schouder en zette koers naar het trappenhuis. De lift was afgezet met geel lint. In de buurt van het epicentrum begon zijn maag te draaien. De hotdog die hij tijdens de wedstrijd had gegeten maakte omtrekkende bewegingen door zijn maag. Wat was dát nu weer? Hij baande zich een weg door de menigte tot hij vrij zicht kreeg. Hij slikte hard om niet te kokhalzen.

Drie uur geleden had deze jongen nog de wedstrijd van zijn leven gespeeld. Nu was het knappe gezicht van Julius Van Beest verstard en levenloos.

Ogen zonder licht, open mond, stroompjes bloed die langs de linkerslaap drupten. De knul was geraakt aan zijn hoofd, rechterarm en rechterschouder.

McCain voelde dat iemand zijn rug aanraakte en hij maakte een sprongetje om zijn as. Met een afwerend gebaar hield Cory Wilde een bewijszak voor zich uitgestoken.

Wilde was een kalende man van midden dertig met een doorsnee uiterlijk met uitzondering van een groen en een bruin oog. Als gevolg daarvan zag hij er asymmetrisch uit.

'Wat doe jij hier, Micky?'

'Mijn partner gezelschap houden. Haar zoon zit hier. Hij heeft haar gebeld.'

'Je meent het! Wie?'

'Marcus Breton, BF-verdediger.'

Hoofdschuddend zei Wilde: 'Ik heb het druk gehad hier.'

'Wat is er gebeurd?' vroeg McCain.

Wilde wierp een blik op het lijk. 'We hebben beneden een schutter in de handboeien zitten.'

'Dat zag ik. Hoe komt het dat de boel hier aan de kook is geraakt?'

'Dat had iets met de wedstrijd te maken.' Wilde wreef zijn neus langs zijn schouder omdat zijn handen in latex handschoenen gestoken zaten. 'Was jij bij de wedstrijd?'

'Samen met Dorothy.'

'Ik heb begrepen dat iemand Julius te pakken heeft genomen op het veld?'

'Een flinke overtreding, ja. Is hij onze schutter?'

'Geen idee of hij het was, ik heb de wedstrijd niet gezien. Maar het lijkt erop dat de teams het na de wedstrijd uitgevochten hebben. Er was een flinke scheldpartij. En toen Julius ook nog eens achter een grietje van een ander aan ging werd het knokken. De portiers hebben ze uit elkaar moeten halen. De aanvallende partij is vertrokken en toen was alles weer leuk en gezellig en knus. Maar voor je het weet staan ze weer binnen met een paar vriendjes en, *beng*, vliegen de kogels in het rond.'

'Is-ie teruggekomen voor Julius?'

'Daar lijkt het wel op. Als je ziet hoe hij gevallen is... Kijk.' Wilde boog zich met McCain over het lijk. Hij stak zijn gehandschoende pink in een langwerpig kogelgat in Julius' schouder. 'Je kunt de opwaartse baan voelen. Kijk, iemand die op zijn hoofd had willen richten, had omhoog moeten richten. Maar deze hoek is wel verdomd scherp.' Hij haalde zijn vinger eruit. 'Voelen?'

'Nee, ik geloof je op je woord.'

'De enige mogelijkheid is dat de kogels van beneden zijn gekomen en dat naar boven is gevuurd. Maar dat past niet in het plaatje dat we van de getuigen krijgen.'

McCain boog voorover en snoof aan de wond. Er hing

geen sterke kruitgeur aan de kleding van het slachtoffer, passend bij een schot van lange afstand. 'Is Julius de enige dode?'

'Tot nog toe wel, ja. De ambulancedienst heeft een paar mensen meegenomen die er slecht aan toe leken te zijn, maar op de brancard kregen ze alweer praatjes, een goed teken dus.'

McCain knikte. 'En hoe heet het schatje dat op Julius heeft geschoten?'

'Delveccio, een basketbalspeler. Een lastig ventje, en drie keer raden wat-ie telkens roept.'

'"Ik weet nergens niks van."'

'Precies,' zei Wilde. 'Toen de kogels rondvlogen, brak er totale paniek uit. De klootzak zegt dat hij daar toevallig gewoon stond, dat iemand anders geschoten heeft, dat de enige reden dat hij eruit gepikt is, is omdat hij van Ducaine is.'

Wilde fronste zijn wenkbrauwen. 'Bij het fouilleren hebben we geen wapen op hem gevonden.'

'Hebben jullie het ergens anders gevonden?'

'Hé,' zei Wilde, 'u moet rechercheur zijn. Ja, dat is nou precies het probleem. We hebben wapens gevonden. Meervoud. Een heleboel wapens.' Hij schudde zijn hoofd. 'Het lijkt wel of iedere idioot hier zo'n ding bij zich had. Christus, dit gaat een hoop tijd kosten. Het zou een stuk gemakkelijker zijn als iemand schuld bekende.'

McCain knikte. Hij wist hoe het werkte. Rechercheurs zouden de in beslag genomen vuurwapens onderzoeken en proberen elk wapen aan de hand van hun serienummer, als dat er tenminste niet afgevijld was, of het registratienummer of mogelijke vingerafdrukken aan een eigenaar te koppelen. Maar vingerafdrukken waren vaak moeilijk van een afgevuurd wapen te halen, want als een wapen afgegaan was, verplaatsten handen zich, gleden ze over het voorwerp en werden bewijzen uitgeveegd. Toch zou de ballistische dienst gevraagd worden om elk gevonden wapen in gelatineblokken te storten om op die manier de signatuur van het object te verkrijgen. Hopelijk zou een van die bevindingen overeenkomen met de fatale kogel. Het was een saaie, heel saaie klus.

'Ik kan je wel helpen, als je wilt.'

'Dat zou fijn zijn.' Wilde hield de papieren zak met bewijsmateriaal op. 'Zodra de patholoog-anatoom hier klaar is, breng ik deze kogels naar het lab. Gomes heeft beneden een paar hulzen gevonden op de plek waarvan we denken dat de dader heeft staan knallen. De hoek lijkt in orde, maar de wapenexperts moeten dat nog bevestigen. Waar is Dorothy's knul?'

'Bij de andere getuigen.'

'Ik zal even met hem gaan praten.'

'Waarom laat je mij niet even, Cory?'

Wilde keek hem aan. 'Je staat hier een beetje te dichtbij, Micky.'

'Ik denk dat ik meer uit hem krijg dan jij.'

Wilde snoof. Dacht toen na. 'Maar niet met Dorothy in de buurt.'

Hij had gelijk, maar het zou een hele toer worden om de leeuwin bij haar welp vandaan te houden.

'Ik heb een idee, Cory. Waarom breng jij de kogels niet naar de ballistische dienst en doe je daarna je ogen even dicht. Dan laten we Dorothy wachten op de patholoog-anatoom. Dan brengt zij je morgenochtend meteen op de hoogte.'

'Dat is niet volgens protocol, Micky. Wat levert haar dit op?'

'Ze kent de moeder, Ellen Van Beest.'

Wilde overwoog dat even. 'Dus je zegt dat ze absoluut op deze zaak gezet wil worden?'

'Ik vertel je alleen maar wat ik vermoed over mijn partner die ik al langer ken dan vandaag.'

'En jij?'

'We zijn partners. Luister: ik help jou met het zoeken naar

de eigenaren van de wapens. En hoe sneller jij de hulzen bij de ballistische dienst aflevert, hoe sneller we informatie hebben over het type wapen waarmee gevuurd is. Dat maakt de zoektocht een stuk eenvoudiger. Ondertussen lijkt het me verstandig als jij een dutje gaat doen. Je ziet eruit als een wandelend lijk.'

Wilde keek hem gepikeerd aan. 'Goh, bedankt. Stuur d'r maar hierheen dan.'

'Je zou het slechter kunnen treffen,' zei McCain. 'Dorothy is echt goed in het reconstrueren van geweldsmisdrijven.'

'Nou, dat kunnen we wel gebruiken. Allemachtig, het is hier een grote bende.' Wilde schudde zijn hoofd. 'Dus of jij of zij laat me weten wat de uitslag van de patholoog-anatoom is?'

'Zeker weten.'

McCain staarde neer op het levenloze lichaam van Julius Van Beest.

Alsof hij een arts nodig had om hem te vertellen dat de arme ziel doodgeschoten was.

6

Dorothy Breton was een forse vrouw, maar desondanks had McCain meer dan tien minuten nodig om haar te vinden. Verspreid tussen de mensen stonden nog veel grotere personen: de reuzen van het collegebasketbal. Ze torenden hoog boven Dorothy uit, waardoor zij van gemiddeld postuur leek. Hoe dan ook was ze duidelijk aanwezig, en het was haar stem die McCains aandacht trok.

Ze zat aan de bar, een hand op de arm van Marcus. Een kalmerend gebaar, maar het leek weinig effect op de jongen te hebben. Op zijn gezicht lag een uitdrukking van rauwe pijn. Hij schreeuwde: 'Ik zeg je toch dat ik me niks kan herinneren, ma! Waarom blijf je dat vragen?'

'Omdat je je bij elk gesprek dat we hebben meer herinnert dan je denkt.'

McCain baande zich een weg door de menigte en liet zich op de kruk naast zijn partner zakken. 'Ze hebben je boven nodig,' zei hij tegen Dorothy.

Ze wierp hem een vragende blik toe.

'Ik heb tegen Wilde gezegd dat jij aanwezig zou zijn als de patholoog-anatoom komt. Je moet zijn handen nog verzegelen met plastic zakken.'

'Iets van kruitresidu gezien?'

'Je ziet geen barst met dit licht, maar ik heb niets geroken. Maar toch, we zullen het moeten uitzoeken voor we het zeker weten. Als de verdediging het straks op noodweer gooit en niemand heeft zijn handen op kruit gecontroleerd, dan staan we goed voor schut.'

'Geen rondslingerend wapen in zijn buurt?'

'Nee, maar wel wat hulzen. Het zouden oudere kunnen zijn, maar we zullen het uit moeten zoeken.'

'Dus de kans bestaat dat Van Beest teruggeschoten heeft... of als eerste heeft gevuurd.'

'Dat zou kunnen.' McCain haalde zijn schouders op. 'Hoe dan ook, Wilde is net weggegaan om de munitie naar de ballistische dienst te brengen. De lekkere jongens zien eruit als .32 kaliber.'

'Hoeveel?'

'Vier, geloof ik.'

'Nog andere slachtoffers op die plek behalve Julius?'

'Voorzover ik kon zien niet,' zei McCain.

'Dus iemand had het op hem gemunt.'

'Ik heb me laten vertellen dat er iets is gebeurd tussen Julius en een van de spelers van Ducaine. De amokmakers zijn vertrokken en later teruggekomen, popelend om te knokken. We hebben geen idee wie er het eerst geschoten heeft of dat

Julius misschien zelf een schot gelost heeft. Daarom moeten zijn handen afgedekt worden voor de patholoog-anatoom komt.'

'Waarom heb jij 't niet zelf gedaan?' vroeg Dorothy. 'Ik ben bezig.'

'Ik neem wel over waar jij mee bezig bent.'

Dorothy keek hem kwaad aan. McCain wuifde haar bezwaar weg. 'Ik heb tegen Wilde gezegd dat jij een goede neus hebt voor dit soort dingen. Hij zei dat ik je naar boven moest sturen om daar rond te kijken.'

'Ik heb een goede neus voor mensen die me onzin proberen te verkopen. Iemand probeert hier van me af te komen.'

McCain gaf geen antwoord. Dorothy fronste haar wenkbrauwen en gleed van haar kruk. Onder het weglopen wierp ze een blik over haar schouder naar haar zoon. 'Jou spreek ik later nog.'

'Godverdomme!' vloekte Marcus hartgrondig toen zijn moeder weg was. 'Wat wil ze van me? Ik heb niets gezien!'

McCain legde zijn hand op de schouder van de jongeman. 'Ouderlijke bezorgdheid.'

'Fuck, ik ben net zo bezorgd.' De jongen schreeuwde nu. 'Ik zou graag helpen als ik kon, maar ik heb me net als alle anderen plat op de grond laten vallen toen ze begonnen met schieten.' Met iets van opstandigheid kneep Marcus zijn ogen samen. 'Kan ik nu gaan?'

'Geef me nog een paar minuutjes.'

Marcus rolde met zijn ogen.

'Kom, doe mij een plezier, Marcus.' McCain stond op. 'We gaan een wandelingetje maken. Je ziet eruit alsof je wel wat frisse lucht kunt gebruiken.'

Marcus reageerde niet. Toen, plotseling, schoot hij overeind en greep zijn jas. 'Als ik hier maar weg kan.'

De plaatsvervangend patholoog-anatoom was nog een baby, hoewel in Dorothy's ogen iedereen van onder de vijftig een baby was. Maar dit was écht een kind, met haar helderwitte gezicht en haar grote ronde 'ach-jeetje-toch-ogen' en haar magere lijf en in latex handschoenen gestoken kleine dunne polsjes. Een dure jas; zag eruit als kasjmier of in ieder geval als iets waarin het verwerkt zat.

Overduidelijk een groentje, want wie zijn goede goed eenmaal had verpest met menselijke lichaamssappen had zijn lesje wel geleerd.

Dorothy stapte naar voren en stelde zichzelf voor als rechercheur Breton van de afdeling Moordzaken van Boston en het kleine meisje antwoordde dat ze Tiffany Artles heette. Er stond MD op haar naamplaatje, maar ze gebruikte haar titel niet. Alsof ze zich ervoor schaamde. Of zich er te goed voor voelde.

Dat maakte alleen maar dat Dorothy nog geïrriteerder raakte. Als je een verrekte arts was met een verrekte titel, gebruik die verrekte titel dan. En ze voelde zich verdomme helemáál niet bedreigd.

Achterlijk volk. Hoewel ze niet anders verwachtte dan dat Tiffany Artles' MD graad van Hà-vùd kwam.

Het toonde maar weer eens aan hoe het stadsbestuur, met al zijn liberale praatjes, eigenlijk geen ene moer om de dood van een zwarte knul gaf. Anders zou er geen kasjmieren-jas-type gestuurd zijn dat nog niet eens droog was achter haar oren.

Moest je nu toch eens zien hoe ze met trillende handjes die dokterstas van haar open stond te maken. Natuurlijk maakte het feit dat Dorothy haar aanstaarde het er niet beter op. Ze wist dat ze niet eerlijk was, maar dat kon haar op dit moment niets schelen.

'Is er al iemand van de technische of ballistische dienst langs geweest?' vroeg Artles.

'Nee, ik geloof het niet. Niet dat iemand hier me iets vertelt.'

'Oké.' De stem van Artles steeg zo mogelijk nog een octaaf hoger. 'Ik wilde alleen maar weten of ik het lichaam kan verplaatsen of dat...'

'De eerste hulp heeft geprobeerd hem te reanimeren,' snauwde Dorothy. 'Zijn bloes is opengeknoopt en er zitten blauwe plekken op zijn borst. Ze hebben hem overduidelijk geprobeerd te beademen. Het lijkt me sterk dat ze hem daarbij niet hebben verplaatst, aangezien de plek van de bloedspetters niet overeenkomt met de plaats van het lichaam. Kijk maar... al het bloed boven op de tafel. Volgens mij is hij voorovergevallen en hebben de mensen van de ambulancebroeders hem omgedraaid. Ik weet dat de fotograaf geweest is en alweer vertrokken is. Dus doe maar gewoon wat je moet doen.'

Dokter Tiffany staarde naar Julius' levenloze lichaam. Haar bovenlip krulde op. 'Het spijt me. U zult me wel een trut vinden. Ik had er alleen niet op gerekend dat ik het slachtoffer zou herkennen.'

'Hadden ze je niet verteld om wie het ging?'

'Nee. Alleen dat er een schietpartij was geweest in Pharaoh's Genie en dat er een dodelijk slachtoffer was gevallen.' Ze keek Dorothy aan. 'Ik heb hem vorige week nog zien spelen. Ik had mijn kleine zusje meegenomen naar de wedstrijd. Vreselijk zonde.'

Ze bukte. 'Goed,' zei ze tegen zichzelf. 'Laten we eens kijken wat we hier hebben.'

Dorothy knielde neer naast de jonge vrouw die haar handen onder het hoofd van Julius vouwde en het toen naar opzij duwde om de kogelgaten op zijn slaap aan een nader onderzoek te onderwerpen. 'Twee schampschoten. Ze lopen in elkaar over, maar je ziet twee duidelijke ellipsen. De rechter is een beetje dieper dan de linker, maar voorzover ik kan zien, heeft geen van beide de dood veroorzaakt. Er is wel bloed, maar niet overdreven veel, niet zoals je ziet bij een aderlijke bloeding.'

Ze tilde Julius' slappe arm op.

53

'Geen stijfheid, logisch. Dat kan ook niet zo snel... Hoe laat is de melding binnengekomen, rechercheur?'

'Een uur geleden ongeveer. Misschien iets eerder.'

'Dus over het tijdstip van overlijden bestaat geen twijfel.' Artles onderzocht de arm. 'Er zitten twee kogelgaten in zijn arm. Naar binnen en naar buiten en niet van dichtbij. Afgaand op de plek waar de kogels zijn binnengekomen, zou ik zeggen dat we het over een afstand van een meter of twintig tot vijfentwintig hebben. Om hem in zijn hoofd te hebben kunnen raken, moet de schutter of heel goed zijn geweest of veel mazzel hebben gehad of allebei, en hij moet goed zicht hebben gehad. Er zijn geen andere dodelijke slachtoffers heb ik begrepen?'

'Dat klopt.'

'De grootte van de gaten... Ik zou zeggen een .32, iets in die buurt.' Ze kneep haar blauwe ogen samen.

'Waarschijnlijk heb je gelijk. Rechercheur Wilde is op dit moment met de munitie onderweg naar de ballistische dienst. We hebben daarbeneden een paar hulzen gevonden.' Dorothy stond op en wees: 'Daar, in de linkerhoek van de dansvloer. Dus we hebben het waarschijnlijk over een baan van vijfenveertig graden.'

'Ik zal de hoek van het verloop tussen de ingaande en uitgaande wond opmeten, eens zien of dat klopt. Dit schot,' ze liet Dorothy de wond zien, 'is dwars door zijn spieren gegaan, dus heb ik geen helder beeld om mee te werken. Maar die aan de onderkant is naar binnen en naar buiten gegaan.' Ze liet de arm zakken. 'Voor wat betreft zijn schouderwond, lijkt de kogel recht onder zijn oksel naar binnen gegaan te zijn, achter het schouderblad, en...' Met moeite tilde ze Van Beests lichaam net ver genoeg op om een blik onder hem te kunnen werpen. 'Aha... hij is er hier uitgekomen, in zijn nek. Hij is waarschijnlijk recht door zijn halsslagader geschoten. Hoewel er geen duidelijk teken van lijkbleekheid is ingetreden; plasvorming van bloed als gevolg van de zwaarte...'

Tiffany Artles onderbrak zichzelf. 'Ik hoef u niet te vertellen wat lijkbleekheid is.'

Eindelijk verwaardigde Dorothy zich te glimlachen. 'Ga door liefje, je doet 't prima.'

Tiffany grijnsde breeduit. 'Dit is pas mijn tweede dag in dienst, rechercheur Breton. Ik verzeker u dat als de hoge pieten hadden geweten dat het hier om een min of meer bekend persoon ging, ze iemand van een hogere rangorde hadden gestuurd.'

'Maar wie kan het nu wat schelen als de zoveelste zwarte knul overhoopgeschoten wordt?'

'Daar gaat het hier niet om, rechercheur. Wit of zwart, dit werd aangemerkt als een zaak waarbij de doodsoorzaak eenvoudig vastgesteld kon worden. Geen reden om de baas wakker te bellen. Behalve wanneer het om een beroemdheid blijkt te gaan... iemand die de kranten misschien haalt.'

Ze stond op en trok haar handschoenen met een ploffend geluidje uit. 'Ik kan niet met zekerheid zeggen welk schot hem fataal is geworden totdat hij opengemaakt is.'

'Wanneer denk je dat dat gaat gebeuren?'

'Waarschijnlijk snel, vanwege wie hij is... was. Ik zou zeggen over een uurtje of twee, drie. Ze zullen de autopsie snel willen afronden omdat de kranten antwoorden zullen willen hebben.' Ze stak Dorothy haar visitekaartje toe. 'Ik heb geen idee of ik het snijwerk ga doen. Ik vermoed van niet. Maar u kunt in ieder geval contact met me opnemen.'

'Dank u, dokter.'

Tiffany glimlachte zwakjes. 'Dus dan zal ik de jongens in de dienstwagen maar opdracht geven hem naar het mortuarium te brengen... tenzij u hem nog nodig hebt voor forensisch onderzoek.'

'De technische dienst en ik hebben alles bekeken wat we moesten. De fotograaf heeft zijn postmortale foto's.' Toen Dorothy opstond, kraakten haar knieschijven. 'Wat dacht je ervan als we de arme jongen eens in vrede lieten rusten?'

55

McCain leidde Marcus door de club naar buiten. De lucht was scherp en brandde in McCains keel en longen bij elke hap naar adem. Lichtflitsen van knipperende zwaailichten van hulpdiensten, wazige straatverlichting, zaklampen van politie en opdringerige flitslampen van camera's dansten door de gitzwarte lucht. McCain had niet meer dan een paar stappen gezet toen hij een microfoon onder zijn neus gedrukt kreeg.

Het was die Hudson; die lamstraal die 's nachts werkte voor een van de lokale stations.

'Derek Hudson, rechercheur. Kunt u ons vertellen wat er binnen aan de hand is?'

Het speet McCain dat hij zijn badge aan zijn jas vastgespeld had laten zitten. 'Niet echt.' Hij trok de rand van zijn pet over zijn oren en hield zijn hand stevig op Marcus' arm terwijl hij de omgeving afspeurde naar een lege surveillancewagen.

Net toen McCain zich langs Hudson had gewerkt, baande een jonge vrouw zich een weg naar voren, een gezicht dat McCain niet herkende. Ze was van top tot teen gekleed tegen de kou en moest de sjaal voor haar mond laten zakken om iets te kunnen zeggen. 'Ik ben Liz Mantell van cnn. We hebben een heleboel slachtoffers met schotwonden op brancards weggevoerd zien worden. Wat is de aanleiding voor de schietpartij geweest, rechercheur?'

Haar tanden klapperden tijdens haar vraag. Eén minuut in de buitenlucht, en nu al voelden de zolen van McCains voeten aan als ijs. En dit zonder wind vanuit Back Bay. Zelfs in het flauwe licht was de helderrode neus van de verslaggeefster te zien. McCain had medelijden met haar, huiverend in temperaturen die begonnen met een platliggend streepje. Maar dat medelijden was niet groot genoeg.

'Geen commentaar.'

Ze volgde in zijn kielzog. 'Dus we kunnen met zekerheid vaststellen dat het hier om een meervoudige schietpartij gaat?'

'Er is nog niets bevestigd.'

'Hoe zit het met de leden van het basketbalteam van Boston Ferris die hierbij betrokken zouden zijn?'

'Vertelt u het mij maar.'

Haar blik viel op Marcus. Ze glimlachte liefjes. 'Ben jij van Boston Ferris?'

'U hebt het voor de helft goed,' zei McCain. 'Hij komt uit Boston. Als u me wilt excuseren?'

Eindelijk zag McCain een lege wagen, sleepte Marcus er mee naartoe, wapperde met zijn gouden badge en vroeg de agent of hij zijn achterbank even mocht lenen. Liz Mantell volgde hem op de voet, samen met een cameraman die haar heldhaftige pogingen om Het Verhaal binnen te slepen had opgemerkt.

'Zit je bij het basketbalteam?'

McCain gaf Marcus geen kans te antwoorden. Hij opende de achterdeur van de dienstwagen, drukte het hoofd van de jongen naar beneden en duwde hem naar binnen.

'Is hij een verdachte, rechercheur?'

McCain gaf geen antwoord en schoof naast Marcus.

'Er is zojuist een lijkwagen aan komen rijden,' hield Mantell vol. 'Om hoeveel dodelijke slachtoffers gaat het?'

McCain glimlachte en sloot de deur, waarbij hij bijna de vingers van de verslaggeefster amputeerde. De binnenkant van de wagen was donker en ijzig als een crypte. Hij boog over de stoel voor zich en het lukte hem om de motor te starten. Koude lucht blies uit de ventilatieroosters. Binnen een minuut werd de lucht lauwwarm.

McCain draaide zich om naar Marcus, die zijn gezicht in zijn suède handschoenen begraven had. Uiteindelijk keek de jongen op. 'Ik zal tegen je zeggen wat ik aan mama heb verteld. Niets. Omdat ik niets heb gezien.'

'Je was niet bij Julius?'

'Nee, ik was niet bij Julius. Hij zat boven, waar hij zijn reet liet likken door mensen van een of ander schoenenmerk.'

'Is dat niet tegen de regels van de NCAA?'

'Niet als hij niets van hen aangenomen heeft.'

'Denk je dat hij voor zijn eigen drankje heeft betaald?'

Marcus fronste zijn wenkbrauwen. 'Dat zijn niet de echte zaken waar het bestuur zich druk om maakt.'

'Maar als iemand hem erbij had gelapt, Marcus, dan was hij in de problemen gekomen, nietwaar?'

'Ja, dat zal wel. Maar wie zou daar baat bij hebben?'

'Iemand van de tegenpartij.'

'Niemand van de tegenpartij zou Julius aangeven voor een paar gratis drankjes. Dat is niet de manier om van iemand af te komen. Dat is iets voor watjes.'

'Hem vermoorden is beter?'

Marcus wreef over zijn slapen. 'Natuurlijk niet. Het is verschrikkelijk, het is... Ik ben kotsmisselijk. Ik speel juist basketbal zodat ik niks met dat tuig te maken hoef te hebben. Ik doe mijn werk en ze laten me met rust. Ze respecteren mijn ding, man. Ik heb hard voor dat respect gewerkt. Ik kan nog steeds niet geloven dat... Mick, ik wil gewoon naar huis. Laat me alsjeblieft naar huis gaan. Ik wil slapen.'

'Doe me nog één plezier: vertel me eens wat er volgens jou gebeurd is.'

De zucht die Marcus slaakte, was diep en vermoeid. 'Ik zat naast de dansvloer. Gewoon, niks bijzonders. Een meisje te versieren.'

'Een meisje van Ducaine?'

'Nee, een meisje van hier. Ik geloof dat ze op BU zat. Julius deed hetzelfde: gewoon een beetje lol trappen met de dames. Ik weet niet welke meisjes er allemaal om hem heen hingen. Het waren er in ieder geval een heleboel, dat kan ik je wel vertellen. Pappy was er behoorlijk pissig over. Maar het draaide niet om de aandacht van de vrouwtjes. Het ging om het feit dat Julius Ducaine voor lul heeft gezet door terug te komen na die klap. Hij en Pappy kregen woorden.'

'Wie is Pappy?'

'Pappy is Patrick Delveccio. De belangrijkste forward van Ducaine.'

'Is hij degene die Julius tijdens de wedstrijd heeft neergehaald?'

'Nee, dat was Mustafa Duran. Hem houden ze meestal als reserve. Hij staat bekend als "de uitvoerder", omdat hij zo ruig speelt. Maar ja, dat stelt niets voor. Dat is zijn taak. Maar wat er bij de laatste wedstrijd is gebeurd, dat ging veel te ver.'

'Wat was hij aan het doen toen Julius en Pappy woorden kregen?'

'Mustafa was niet in de club. Hij wist wat er zou gebeuren als hij zijn gezicht zou laten zien.'

McCain staakte zijn beweging om zijn aantekeningenboekje tevoorschijn te halen. 'Wat zou er gebeurd zijn dan?'

'Jezus man, zoiets kun je niet maken zonder gevolgen.'

'Wat voor gevolgen?'

Marcus keek hem fronsend aan. 'Kom op, Micky, je weet hoe het is. Als je jezelf niet verdedigt daarbuiten, dan word je neergehaald. Ze proberen van alles met je uit, gewoon omdat ze denken dat ze ermee wegkomen.'

'Dus over wat voor soort gevolgen hebben we het dan?'

'Geen pistool, als dat is wat je denkt. Ik heb het over terugpakken in het veld. Een elleboogje als de scheidsrechter niet kijkt. En zelfs als ze wel kijken, na zo'n smerige overtreding... Hou op joh, daar zegt niemand wat van.'

'Maar we hebben het hier niet over iets in het veld, Marcus. We hebben het over hier en nu. Wat denk je dat Julius zou hebben gedaan als Mustafa zijn gezicht had laten zien?'

'Dat doet er niet toe, hij heeft zijn gezicht niet laten zien, dus is dat giswerk.'

'Wie is er begonnen met vechten, Marcus?'

59

'Er is niet gevochten.' De jongen keek op. 'Alleen een scheldpartij.'

'Wat voor scheldpartij?'

'Julius had een grote bek, oké? En Pappy ook. Maar wij waren met veel meer man. De boel raakte een beetje oververhit. Ik geloof dat er wat geduwd en getrokken werd, maar meer ook niet. Ducaine is weggegaan. Daarna nam Julius een paar meisjes mee naar boven, en dat is het laatste wat ik van hem heb gezien.'

'Wat heeft hij met hen gedaan daarboven?'

Marcus keek onzeker. 'Wil je van me weten of hij ze gepakt heeft in de club? Dat zou ik je niet kunnen vertellen. Voorzover ik weet had hij ze alleen maar nodig als versiering om een goed figuur te slaan bij die zakenlui.'

McCain haalde zijn aantekeningenboekje tevoorschijn. 'Heb je namen voor me van die meisjes?'

Marcus dacht even na. 'Nee, niet echt.'

McCain wachtte.

'Ik geloof dat ik een van die meisjes Spring heb horen noemen. Ze waren lang, die meisjes. Eentje was bijna net zo lang als ik. Misschien spelen ze ook basketbal, maar dan niet voor Boston Ferris. De meisjes van Boston Ferris ken ik allemaal.'

'Wie is er nog meer met Julius naar boven gegaan?'

'Niemand die ik kende.'

'Een lijfwacht misschien?'

'Nee joh, geen lijfwacht. Wie zou er een vinger naar Julius uit durven steken?'

'Maakte hij zich geen zorgen over te opdringerige fans?'

'Zo beroemd was Julius nog niet. Hij was onderweg naar de NBA, zeker, maar hij wilde eerst nog in de Final Four komen. Dat was iets wat hij absoluut wilde voordat hij zichzelf daar klaar voor vond.' Marcus schudde zijn hoofd. 'Wat een klotezooi! Zo zonde!'

'Dus wat is er gebeurd nadat hij naar boven is gegaan?'

'Ik heb geen idee wat Julius uitspookte. Ik weet wel dat Pappy ineens terugkwam met zijn schietvriendjes.'

'Hoeveel tijd zat er ongeveer tussen Pappy's vertrek en Pappy's terugkeer?'

Marcus ademde uit. 'Misschien een halfuur, misschien iets meer. Ik heb niet op de tijd gelet. Toen Pappy terugkwam, wist iedereen dat het foute boel was. Ik kwam van de plee, en toen ik hem zag, zat ik er al aan te denken om te gaan. En toen begonnen ze te schieten. Ik heb me op de grond laten vallen en heb geen pistool gezien. Ik zou je niet eens kunnen vertellen of het Pappy was die dat ding had. Toen ik het schot hoorde, heb ik dekking gezocht.'

'Dus Pappy en Julius hadden geen ruzie om een meisje?'

'Echt niet. Het draaide om de wedstrijd, man. Het draait altijd om de wedstrijd. Jij hebt vals gespeeld, jij hebt me vastgepakt, jij hebt me geduwd, jij hebt me een elleboog gegeven, blablabla. Het had helemaal niks met een meisje te maken.'

'Misschien had Julius zijn zinnen op het verkeerde grietje gezet.'

'Dat denk ik niet. Hij had ze voor het oprapen... wie hij maar wilde, wanneer hij maar wilde.'

'Sommige jongens krijgen er een kick van om hem in andermans meisjes te steken.'

'Julius niet. Hij leefde voor het spel. Meisjes waren alleen maar interessant als hij niet speelde. Als hij serieus ruzie zou krijgen met een andere vent, dan zou het nooit om een meisje zijn.'

'Waar komt dat verhaal dan vandaan?'

'Weet ik veel? Als ik zou moeten raden, dan zou ik daar de schuld van zoeken bij Ducaine. Om zichzelf schoon te praten. Iedereen zegt dat Pappy en zijn maatjes hem gewoon keihard omgelegd hebben, Micky. Ze hebben hem gewoon neergehaald.'

'Maar je hebt het niet gezien.'

'Dat wil niet zeggen dat het niet zo gegaan is.' Marcus keek McCain aan. 'Wie zou hem anders neergeschoten moeten hebben?'

'Dus jij zegt dat Van Beest niemand anders tegen de haren in gestreken heeft dan Ducaine?'

'Nee, Julius had het met een heleboel mensen aan de stok. Ik moest hem ook niet. Maar ik kan niemand bedenken die zo'n hekel aan hem had dat hij hem neer wilde schieten.'

'Misschien denk je niet diep genoeg na.'

'Misschien heb ik slaap nodig!' snauwde Marcus terug. 'Misschien kan ik beter nadenken als ik wat slaap krijg.' Hij viel stil en liet zijn hoofd tegen de rugleuning zakken. 'Ik heb het stervenskoud. Ik ben doodmoe.' Hij staarde McCain aan. 'Hoe kunnen jullie in godsnaam hele nachten surveilleren met dit weer?'

'Wij krijgen het ook koud en worden ook moe.'

'Wees dan eens aardig voor me, Micky. Laat me naar huis gaan.'

McCain knikte. 'Ik zal je naar huis laten brengen door een agent.'

'Doe geen moeite. Ik rijd wel met een vriend mee.'

'Nee, jongen,' zei McCain. 'Je wordt naar huis gebracht door een politieagent. Ik denk niet dat je moeder het eens zal zijn met iets anders.'

8

Back Bay was een gedempt en uitgebaggerd moerasgebied, vandaar de naam van zijn bekendste baken: Fenway Park. In het victoriaanse tijdperk werd de baai omlijst door de stijlvolste huizen van Boston. Nu, pittoresk en betoverend, met trottoirs van kinderkopjes en een constante zeebries, was het gedurende de warmere maanden een drukbezocht toeristenoord. Met zijn sportstadion en de clubs heerste er een constante golf van beweging, net als in D-4, het plaatselijke politiedepartement. Dat was de thuisbasis van McCain en Dorothy.

Om vijf uur in de ochtend werd de dienst gewisseld. Rechercheur Cory Wilde had graag een speciaal arrestatieteam gehad, maar dat had hij nu eenmaal niet. Breton en McCain namen een groot deel van de rotklusjes op zich, dus had hij weinig reden tot klagen, maar hij was al meer dan vierentwintig uur in touw en dat begon hem op te breken. Hij vermoedde dat Pappy Delveccio dat wist, want de klootzak werkte absoluut niet mee. Toen hij de knul een sigaret aanbood, beantwoordde Pappy dat met een heftig hoofdschudden.

'Voor mij geen troep in mijn longen. Wat denk jij nou, man? Probeer je me te vergiftigen of zo?'

Als dat toch eens kon...

Wilde zei: 'Ik bedoelde het gewoon vriendelijk. Wil je nog een glas water?'

Pappy boog naar voren en keek hem woest aan. 'Ik wil hier pleite. Arresteer me of laat me gaan, man.'

De knul was twee meter tien en rond de 125 kilo. Vanaf zijn heupen naar beneden was Patrick Luther Delveccio een bonenstaak. Zo was het nu eenmaal bij basketbalspelers: lange dunne benen, gemaakt om te rennen en te springen.

Maar vanaf zijn taille naar boven was het een heel ander verhaal. De sterspeler van Ducaine had gespierde armen en schouders. Zijn gezicht was lang en dun met fijne trekken, haast Ethiopisch.

Delveccio. Moest voor een deel Italiaans zijn. Misschien ook niet. Kijk maar naar Shaquille O'Neal en Tracy McGrady. Wilde was voor zestig procent Iers en had vroeger ooit gedacht dat de wereld eenvoudig in elkaar stak.

Hij richtte zijn blik weer op Pappy. Een opgedoft ventje

met zijn haren in een ingewikkeld zigzagpatroon, eindigend in een soort vlechtjes achter in zijn nek. Delveccio had dikke wenkbrauwen, donkere tot streepjes geknepen ogen en snerend opkrullende lippen.

Wilde deed zijn best die snerende blik niet te beantwoorden. 'Je kunt vaart achter de zaak zetten door me de waarheid te vertellen, Pappy.'

De blik achter de spleetjes werd woest. 'Jezus, man, heb je me niet gehoord? Ik vertel je de waarheid.' Zijn handen zaten onder de tatoeages. Nauwelijks zichtbaar op zijn donkere huid. Vanwaar de moeite?

Zijn armen waarschijnlijk ook, maar dat kon Wilde niet zien. Pappy droeg een wit t-shirt met lange mouwen. Hij had zijn olijfgroene zijden colbertje uitgetrokken. Het hing over zijn stoel, glad en glanzend. Zo lang dat het de grond raakte.

'Ik heb je gehoord.' Wilde haalde zijn schouders op. 'Maar ik geloof je niet. En weet je waarom niet? Omdat je onbetrouwbaar bent.'

'Ik heb nog nooit op iemand geschoten.' Delveccio sloeg zijn armen voor zijn borst.

'Kijk, daar hebben we dat probleem met de waarheid weer. We hebben je handen op kruitsporen getest, Pappy. Je hebt een pistool afgevuurd.'

'Ik heb in de club op niemand geschoten,' verbeterde hij zichzelf. 'Ik heb gisteren met een pistool zitten spelen.'

Wilde kon zich er nauwelijks van weerhouden te snuiven. 'Wanneer gisteren?'

''s Morgens.'

'En sinds die tijd heb je je handen niet meer gewassen?'

'Om eerlijk te zijn niet, nee.'

'Je hebt je handen niet aan een servet afgeveegd na het eten?'

'Nee.'

Wilde staarde hem aan.

De knul kaatste terug: 'Ik ben een nette eter.'

'Weet je, Pappy, de wedstrijd van gisteravond is op tv uitgezonden. Al dat zweet dat in straaltjes van je gezicht en je handen liep. Niet alleen ík heb gezien dat je je gezicht en je handen een keer of twintig hebt afgeveegd met een handdoek, maar met mij iedereen die naar de wedstrijd heeft zitten kijken. Wil je je verhaal misschien aanpassen?'

'Ik wil een advocaat.'

'Prima, Pap, maar dan kan ik niet meer met je werken. Dan kunnen we geen deal sluiten. En je weet dat je die heel hard nodig zult hebben om hieruit te komen.'

Dorothy keek toe vanaf de andere kant van de eenzijdige spiegel in de verhoorkamer. Ze keek de nachtcommandant van D-4 aan. Phil O'Toole was een gezette, opvallende verschijning met witte haren; een derde generatie doorsnee Ierse agent. Hij had veel veranderingen zien voltrekken in Back Bay: meer immigranten, meer drugs, meer passanten, en veel meer studenten. Dat betekende meer feesten en meer incidenten waarbij alcohol in het spel was. Dat had tot gevolg dat er veel beroeps terugkwamen die oude victoriaanse huizen opknapten. Ze begingen geen misdaden, niet zelf. Er viel alleen een incidenteel slachtoffer.

'De advocaat van Ducaine kan hier elk moment zijn,' zei ze. 'Hoe lang denk je dat we het kunnen rekken voor de advocaat eist dat hij zijn cliënt te zien krijgt?'

'Dat kunnen we hooguit tien minuten uitstellen,' antwoordde O'Toole. 'Wat voor belastend materiaal hebben we om precies te zijn tegen Delveccio?'

'We hebben getuigen die hebben gezien dat hij een pistool trok.'

'Hoeveel getuigen?'

'Drie of vier, en we zijn nog steeds op zoek naar meer.'

'En verder?'

'Kruitsporen op zijn handen. Het is zonneklaar dat hij een wapen afgevuurd heeft, en dat moet na de wedstrijd geweest zijn.'

'Maar je hebt niemand die hem heeft zíén vuren, is het wel?'

'We zijn nog steeds op zoek,' herhaalde Dorothy. 'Het is moeilijk om getuigen aan de praat te krijgen.'

'Dan zul je ze moeten bewerken.'

'Uiteraard.'

O'Toole zei: 'Afvuren van een wapen... We hebben in ieder geval genoeg om hem achter slot en grendel te houden tot iemand een aanklacht opstelt en de borg vaststelt. Waarover hebben we het dan? Een uurtje of drie?'

'Zoiets.'

Ze keken allebei door het raam naar Wilde. De rechercheur wreef over zijn ogen en zei: 'Vertel me eens over de schietpartij, Pappy. Vertel me wat er is gebeurd. Als het zelfverdediging was, dan wil ik dat weten. De officier van justitie zal het willen weten. Als het om zelfverdediging gaat, dan verandert dat de zaak.'

De forward staarde Wilde aan, zijn mogelijkheden afwegend. Toen zei hij: 'Je hebt twee verschillende kleuren ogen. Hoe komt dat? Had je moeder niet genoeg aan één vent?'

Wilde glimlachte. 'Ik zal het haar vragen als ik haar weer zie.'

'Ik heb hier genoeg van.' O'Toole pakte de telefoon en belde Wilde dat hij uit de verhoorkamer moest komen. Zodra Wilde tevoorschijn kwam, begon hij zichzelf te verdedigen. Maar O'Toole onderbrak hem. 'Hij heeft om zijn advocaat gevraagd, Cory. We zullen proces-verbaal moeten opmaken op basis van dat wat we hebben: getuigen van de vechtpartij, getuigen die hem een pistool hebben zien trekken, het residu op zijn handen.'

'Geef me nog een paar minuten met hem,' smeekte Wilde.

O'Tooles roze gezicht nam de kleur aan van rauwe biefstuk. 'Last van je oren, rechercheur? Hij heeft al om zijn advocaat gevraagd. Er is een apenpak onderweg namens Ducaine.'

'Laat me dat dan tegen hem zeggen. Ik zal hem vertellen dat hij niet met me hoeft te praten. Maar laat me nog even bij hem, goed?'

O'Toole gaf geen antwoord.

'Gewoon gezelschap houden,' zei Wilde. 'Niets dat "Miranda" in gevaar brengt.' Hij sloeg een kruisje.

'Goed dan,' zei O'Toole. 'Gezelschap houden. Tot het apenpak er is.'

Op dat moment stapte McCain de kamer binnen. De commandant staarde hem aan. 'Waar zat jij?'

'Ik heb met getuigen gepraat.'

'En?'

'Na een hoop vleierij en dreigementen heb ik twee jongedames zover gekregen dat ze toegaven dat ze hebben gezien hoe Pappy een wapen, een pistool, tevoorschijn haalde en afgevuurd heeft.'

'Halleluja!' zei Wilde.

O'Toole vroeg: 'Hoe betrouwbaar zijn ze?'

'Net zo betrouwbaar als alle bezoekers van de club. Hetgeen betekent dat ze op dit moment nogal bibberig zijn. We zullen ze een tijdje moeten babysitten.'

'Heeft een van beiden Pappy het pistool Julius' kant op zien richten?'

'We zijn nog steeds bezig met de details.'

'Is er iemand die heeft gezien wat voor soort pistool Pappy afgevuurd heeft?'

'Nee meneer, daar heeft niemand op gelet. Daarvoor zijn er te veel mensen in paniek geraakt toen de kogels rond begonnen te fluiten. Iedereen heeft zich op de grond laten vallen.' McCain raadpleegde zijn aantekeningen. 'Ik heb ook een paar aanknopingspunten voor de vrouw die mogelijkerwijs bij Julius op de entresol was toen hij neergeschoten werd. Haar naam is Spring Mathers, en ze woont met haar ouders in Roxbury.' McCain wierp een blik op zijn horloge. 'Het is even na vijven. Ik denk dat ik daar over een paar uurtjes naartoe ga.'

'Nee, je gaat er nu heen en maakt ze wakker,' zei O'Toole. 'We hebben alle hulp nodig die we kunnen krijgen omdat ons mannetje niet veel loslaat.'

De deur naar de verhoorkamer ging open. Agente Rias Adajinian was jong en knap met uitzondering van de donkere kringen onder haar ogen. Als nieuweling was ze ingedeeld in de nachtploeg. Het strookte niet met haar bioritme. 'Er is iemand gearriveerd van Ducaine University, hij eist dat hij de heer Delveccio te spreken krijgt. En...' Ze zuchtte. 'Ellen Van Beest is er ook.'

O'Toole keek naar Dorothy. Onmiddellijk zei ze: 'Ik ken haar. Ik doe het wel.' Ze keek de jonge agente aan. 'Waar heb je haar heen gebracht?'

'Vijf.'

'Breng me een grote kan water, twee glazen en een grote doos tissues.' Dorothy was even stil. 'Maak daar maar twee dozen van. Zeg tegen haar dat ik er zo aan kom. Ik heb heel eventjes wat tijd voor mezelf nodig.'

'Hoe heeft dit kunnen gebeuren?' Ellen greep Dorothy's arm en kneep erin tot de knokkels van haar vingers wit waren. Ze trilde over haar hele lichaam, haar gezicht nat van tranen en intens verdriet. 'Hoe heeft dit kunnen gebeuren? Hoe...' Ze barstte uit in snikken die geen ruimte lieten voor woorden.

Met tranen in haar eigen ogen strekte Dorothy haar armen uit en de radeloze vrouw liet zich troosten. Net als Dorothy was Ellen een forse vrouw, lang en zwaar, maar door haar verdriet oogde ze nietig.

'Hoe heeft dit kunnen gebeuren? Hoe heeft dit kunnen gebeuren? Hoe, Dorothy, hoe?'

De tranen rolden over Dorothy's wangen. 'We zullen het

allemaal uitzoeken, Ellen. Dat beloof ik je. Ik zal niet rusten voor we de dader achter tralies hebben.'

'Ik wil alleen maar weten of het de klootzak was die de overtreding tegen mijn Julius gemaakt heeft? Heeft hij hem neergeschoten?'

'Uit wat ik heb gehoord, was die jongen niet eens in de club.'

'Die jóngen.' Ellen spuugde het woord bijna uit. 'Het was niet iemand van Ducaine?'

Toen Dorothy geen antwoord gaf, werd Ellen fel. 'Als hij het niet was, dan was het zijn vriend, of niet soms? Of níét soms? Een klootzak van Ducaine. Zeg me de waarheid, Dorothy. De waarheid. De wáárheid!'

'Er waren een paar spelers van Ducaine...'

'Ik wist het!' viel Ellen uit. 'Ik wist het! Ik wist het. Het spel! Het is geen spel meer als ze monsters en moordenaars op het veld laten. Deze wereld is gestoord!' Ze schreeuwde nu. 'Gestoord!'

'Ik ben het met je eens, maar op dit moment weten we nog niet...'

'Ik weet genoeg om te kunnen zeggen dat het gestoord is!'

Er werd op de deur geklopt. Rias Adajinian kwam binnen. 'Leo Van Beest is hier.'

Ellen pakte een tissue en veegde haar ogen af. 'Christus, daar zat ik net op te wachten.'

'Wil je dat ik hem in een andere kamer zet, Ellen?'

'Ja... nee. Nee, laat hem maar binnenkomen.' Ze keek Rias aan. 'Laat hem maar komen.'

Zodra Adajinian vertrok, begon Ellen te ijsberen. 'We zijn gescheiden toen Julius vijf was. Dat was moeilijk voor Julius omdat Leo nog steeds in Europa speelde. Niet dat Julius veel van zijn vader zou hebben gezien als we in Italië hadden gewoond. Met al dat gefladder van hem.'

Haar gezicht stond hard.

'Julius heeft het er erg moeilijk mee gehad toen we allebei hertrouwden. Ik geloof niet dat hij het ons ooit vergeven heeft. Hij weigerde de achternaam van mijn echtgenoot aan te nemen, zelfs niet nadat Paul hem had geadopteerd. Daarom heb ik de naam Van Beest aangehouden. Ik wilde Julius het gevoel geven dat we iets deelden... dat we nog steeds bij elkaar hoorden. Want Leo was er nooit.'

Ze slikte moeizaam en bleef door de kamer cirkelen.

'Hij was er nooit, heeft nooit ergens voor betaald. God mag weten waar hij zijn geld aan uitgaf. In ieder geval niet aan zijn kind. Niet aan Julius en niet aan zijn andere kinderen. Niet dat Leo een slechte vent was. Hij was gewoon geen goede man. Gewoon een gewone man.'

Ellen kauwde op haar duimnagel.

'Leo's laatste scheiding is hard bij hem aangekomen. Heel hard. Hij was dik en oud en had overal pijn. Zijn voeten waren kapot, zijn knieën en zijn rug waren kapot. Kon niet meer spelen en had nauwelijks nog een cent te verteren. Niet dat hij armlastig was. Hij heeft zijn huis nog, maar het was niet bepaald zoals in zijn hoogtijdagen, weet je. Hij begon wel heel erg stevig te drinken. Ik had bijna medelijden met hem, maar Julius... die had écht medelijden. Hij deed zijn best om zijn vader elke week te bellen, of om de week. Zoiets. Ze hebben een betere band opgebouwd dan ooit tevoren.'

'Aardig van hem,' zei Dorothy.

'Ja, heel aardig. Julius deed echt zijn best om weer aansluiting te zoeken. Ik denk dat hij het enige lichtpuntje was in Leo's treurige leventje. En dat is nu ook weg... Lieve god, ik moet even gaan zitten.'

Dorothy hielp haar naar een stoel. 'Wanneer heb je Leo voor het laatst gezien?'

'Vanavond bij de wedstrijd nog, om eerlijk te zijn.' Ellen lachte bitter. 'We hebben elkaar toegeknikt. Dat is wat we deden als we elkaar zagen. Knikken, heel beleefd.'

De deur vloog open en Leo Van Beest stormde over de drempel. 'Ellen!' Hij spreidde zijn armen, maar ze was te zwak om overeind te komen. In plaats daarvan liet ze haar hoofd snikkend in haar handen zakken. Hij legde zijn eigen grote knuisten op haar schokkende schouders. Tranen stroomden over zijn wangen. 'O god, o god, o god!' Leo was nooit zo groot geweest als zijn zoon, en hij had nooit dezelfde atletische vermogens bezeten. Hij had twee seizoenen in de NBA gespeeld voordat hij eruit gezet was en had de daaropvolgende vijftien jaar in Europa doorgebracht, altijd wachtend op dat ene geweldige seizoen waardoor de scouts hem weer zouden opmerken. In zijn jonge jaren was hij met zijn één meter zesennegentig veelzijdig inzetbaar geweest. Maar de tijd was hem niet gunstig gezind geweest. Hij was nu mollig, getaand en grijs. Hij zag eruit als een buitenmaatse oefenbal. Zweet parelde op zijn voorhoofd. Hij trok een zakdoek tevoorschijn en veegde zijn gezicht af.

'Hoe heeft dit kunnen gebeuren?' vroeg hij vorsend aan Dorothy.

'Het onderzoek is nog steeds...'

'Geen gelul! Ik wil antwoorden!'

'En die zal ik u met het grootste plezier verstrekken zodra ik iets weet.'

'Gelul!'

Dorothy opende haar mond om te antwoorden, maar bedacht zich toen.

'Welke klootzak heeft mijn zoon doodgeschoten?'

'We zijn bezig dat uit te zoeken.'

'Ik wil die klootzak zien hangen, hoort u mij?'

'Ja meneer, ik hoor u.'

'En als jullie het niet doen, dan ken ik zelf wel mensen die dat voor me kunnen regelen.'

'Meneer, de politie heeft de zaak onder controle. We zullen de dader vinden, dat beloof ik u.'

'Ja, ja, daar heb ik wat aan, zo'n belofte van de politie.'

Weer gaf Dorothy geen antwoord.

Leo's onderlip trilde. 'Waar is hij? Waar is mijn zoon?'

'O, god.' Ellen begon te huilen. 'Zo kan ik hem niet zien, Leo. Ik kan het gewoon niet!'

'Dat weet ik, Ellen. Ik zal doen wat er gedaan moet worden. Dat hoef jij niet te doen. Ik doe het wel.' Hij wendde zich tot Dorothy. 'Ik wil hem zien.'

'Ik zal zien wat ik voor u kan regelen.'

'Ja, doe dat!' zei Leo op commanderende toon. 'Regel het nu, rechercheur. Hier en nú! Want onze Julius hoort niet thuis op een politiebureau. Is dat duidelijk? Mijn zoon hoort hier niet.' Hij barstte in tranen uit. 'Hij hoort hier niet!'

Hulpeloos observeerde Dorothy hun pijn en ellende die haar eigen problemen tot niets degradeerden. 'Kan ik iemand voor jullie bellen? Een dominee misschien?'

'Dominee Ewing,' zei Ellen.

'Kerk van het ware geloof,' voegde Leo daaraan toe. 'Hij kan helpen met... met dat wat gedaan moet worden.'

'Hij kan voorbereidingen treffen.' Ellen veegde haar gezicht af. Met heldere stem vertelde ze haar ex-man dat ze hem zou vergezellen naar het mortuarium.

'Dat hoeft niet, Ellen,' zei Leo. 'Dat hoeft echt niet.'

'Dat weet ik, maar ik doe het toch.' Ze stond op, wankelde even en hervond toen haar evenwicht. 'We hebben hem samen op de wereld gezet. Ik vind dat we ook samen afscheid van hem moeten nemen.'

9

'Nou zeg, dat was nuttig!'

Zelfs door de krakende lijn van haar mobiele telefoon hoorde Dorothy de frustratie doorklinken in de stem van haar partner. 'Spring Mathers was niet thuis?'

'Ze is helemaal niet thuis geweest,' zei McCain. 'Ik was

degene die haar ouders moest inlichten over de schietpartij in de club. Ze wisten nog van niets. Ze dachten dat ze lag te slapen, lekker knus en warm onder haar dekbedje. Toen ze haar slaapkamer binnenstormden, en het keurig opgemaakte bed zagen, gingen ze uit hun dak. Ze zijn iedereen gaan bellen die ze maar konden bedenken, om uit te zoeken waar ze zou kunnen zitten.'

'Nee, hè!'

'Precies: nee, hè!' mopperde McCain. 'In plaats van de enige getuige te vinden die misschien bij Julius was op het moment dat hij werd geraakt, zitten we nu met een stel hysterische ouders die hun dochter als vermist opgeven en een verklaring eisen. Ik zal je zeggen Dorothy: deze zaak zal de stad geen goed doen. De universiteit brengt hier geld in het laatje. Als ouders bang gaan worden om hun kinderen hierheen te sturen, dan zitten we in de problemen. Ik heb het niet over Harvard of MIT. Cambridge bedruipt zichzelf. BU is een begrip, onomstotelijk. Maar wat gebeurt er met de opleidingen in Boston die het met de kruimeltjes moeten doen?'

Hij wond zich steeds meer op. Dorothy probeerde haar stem rustig te laten klinken. 'Ik weet het. Soms zou het fijn zijn als alles eens gewoon zijn gangetje ging.'

Er viel een stilte. McCain zei: 'Ik moet niet zo zeuren. Jouw ochtend was nou ook niet bepaald een pretje. Hoe ging het met Ellen Van Beest?'

'Zoals verwacht. Leo, de vader, was er ook. Hij heeft een paar jaar als prof gespeeld, hoewel ik me hem niet kan herinneren.'

'Ik ook niet. Allemachtig, het spijt me. Dat zal niet gemakkelijk voor je zijn geweest.'

Er flitsten vervelende beelden door Dorothy's hoofd van wanhopige ouders die toekeken hoe de arts op het scherm het laken optilde. Gelukkig had ze hen ervan weten te overtuigen het via een camera te doen. De rechtstreekse aanblik van het lichaam zou te veel zijn geweest.

Dorothy rilde. 'Ik kruip mijn bed in, Micky. Ik heb tegen Doc. C. gezegd dat hij me wakker moet bellen als hij klaar is met de autopsie. Ik ga ervan uit dat we ernaartoe moeten voor het verslag.'

'Doc. C. gaat dus zelf snijden?'

Dorothy trok een gezicht bij die opmerking. Het maakte een groot verschil als je de dode jongen en zijn moeder persoonlijk kende. De hele toestand was misselijkmakend. Ze deed haar uiterste best professioneel te blijven.

'Je weet toch hoe het gaat,' zei ze. 'Dit is een grote zaak. Wat zijn jouw plannen?'

'Een dutje klinkt goed. Wie zal er druk op de zaak leggen, denk je, de burgemeester of de gouverneur?'

'Misschien allebei. Het is dan weliswaar in Boston gebeurd, maar de gouverneur heeft alle reden om het onder het kleed te vegen aangezien beide universiteiten in Massachusetts staan.' Dorothy verplaatste haar mobieltje van het ene naar het andere oor. 'Hoe dan ook, aangezien de politiek zich er nu mee bemoeit, kunnen we op een flinke schop onder onze kont rekenen als we niet met een pasklare oplossing komen.'

'En, nog geluk gehad bij het vinden van het bijbehorende wapen?'

'De technische dienst is nog steeds bezig met de in beslag genomen vuurwapens. Als we het goede pistool vinden, heeft Pappy daar misschien een bruikbare vingerafdruk op achtergelaten. Hij had geen handschoenen aan toen hij het pistool afvuurde. Dat weten we van het kruit op zijn handen.'

'Behalve dan dat de meeste vingerafdrukken altijd vervagen door de terugslag.'

'Misschien vinden we dan een afdruk van zijn handpalm.'

'Nu we het toch over de klootzak hebben, hoe staat het met hem?'

'Het is geen rijk ventje, maar iemand heeft zijn borgsom betaald.'

'Borgsom voor moord?'

'Meer dan het afvuren van een pistool hebben we op dit moment niet.'

McCain vloekte. 'De lettertjes van de wet. Is het niet tegen de regels van de NCAA om donaties aan te nemen? Is een borgsom geen donatie?'

'Ik betwijfel of dat in de reglementen opgenomen is, Micky. En Pappy heeft wel belangrijker dingen aan zijn hoofd dan de NCAA.'

'Tuig. We weten allebei heel goed dat hij de schutter is geweest, zelfs als het niet zijn bedoeling was om Julius te raken. Laten we maar hopen dat we een sterke zaak tegen hem blijven houden. Je weet hoe het gaat met getuigen: hun geheugen begint te vertroebelen zodra de eerste paniek is weggeëbd. Zelfs zonder invloed van bovenaf kunnen we maar beter hopen dat we dit binnen een paar dagen kunnen afronden, want anders kon het wel eens een tamelijk ondoorzichtig geheel worden.'

'Hoe lang heeft het geduurd voor ze die knul van Baylor hadden gearresteerd... Hoe heette hij ook alweer?'

'Carlton Dotson,' zei McCain. 'Inderdaad, die was ik vergeten. Wat is dat toch met die basketbalspelers?'

Het was een retorische vraag die Dorothy negeerde. 'Hoe zat het ook alweer? Zes maanden voordat ze het bevelschrift tot aanhouding eindelijk konden uitvaardigen?'

'Met het verschil dat Dotson aan een van zijn vrienden had toegegeven dat hij die andere knul, Dennehy, had neergeschoten. En het duurde even, omdat er geen lijk was. En dat hebben wij nu weer wel, hoewel ik dat misschien liever zou inruilen voor een verklaring.'

Ineens voelde Dorothy de vermoeidheid van de afgelopen twaalf uur toeslaan. 'Zonde van onze tijd om het daarover te hebben. Probeer een beetje uit te rusten, Micky.'

'Ik zal mijn best doen,' antwoordde McCain. 'Als het me niet lukt, dan zijn er altijd nog middeltjes voor.'

Dorothy had verwacht dat beide jongens weg zouden zijn en had gehoopt dat ze in haar eentje kon gaan uitrusten in haar kleine huisje. Maar ze waren thuis, met ernstige gezichten en berouwvolle blikken die betrekking konden hebben op elke mogelijke zonde die ze in hun leven hadden begaan. Dat was wat er met je kon gebeuren als je zag hoe een 'held' neergehaald werd.

Wroeging van hier tot Tokio: ze hadden ontbijt voor haar klaargemaakt: geroosterd brood met jam, koffie, vers geperst sinaasappelsap. Toen ze haar zagen maakte Marcus een aantekening in zijn antropologieboek waar hij gebleven was en keek Spencer op van zijn algebrahuiswerk. Ze observeerden hun moeder; ze beantwoordde hun blikken. Dorothy sprak als eerste.

'Hadden jullie niet naar school gemoeten?'

Marcus zei: 'Alle lessen van vandaag zijn afgezegd.'

'En hoe zit het met je team?'

De oudste jongen zuchtte en haalde zijn schouders op. 'Ze hebben alles even uitgesteld. We hebben vanmiddag om drie uur een vergadering met het hele team.'

Dorothy keek haar jongste zoon aan. 'En jij? Wat heb jij voor excuus?'

Spencer beet op zijn lip. 'Ik loop een heel eind achter, mama. Ik probeer een stukje in te halen, dus dacht ik...'

'Inhalen doe je maar in je eigen tijd, jongeman. Wegwezen, jij.'

'Dan zeg je maar tegen school dat ik gespijbeld heb, mama. Ik kan niet naar school voordat ik mijn algebra ingehaald heb. Dat is zonde van mijn tijd en dan leer ik niets bij. Ik kan beter hier leren, maar als je me wegstuurt, dan ga ik wel naar de bieb of zo.'

Dorothy blies haar adem uit. 'Hoe lang denk je nodig te hebben om weer bij te komen?'

'Als ik de hele dag studeer, dan misschien een dag of twee.'

'Reken daar maar op, dat je de hele dag gaat studeren.

Vooral als je een briefje van me meekrijgt! Er wordt niets met vrienden afgesproken tot je helemaal bij bent.' Spencer knikte en Dorothy ging zitten. 'Dankjewel, jongens, dat jullie ontbijt voor me hebben gemaakt. Ik weet dat jullie dat hebben gedaan omdat jullie je rot voelen over Julius. En dat jullie het rot voor mij vinden dat ik het met zijn ouders moet... afhandelen.'

'Dat moet goed waardeloos geweest zijn,' zei Spencer.

Tranen welden op in Dorothy's ogen. 'Er zijn geen woorden voor.' Ze pakte een stukje brood en beet er afwezig in. 'Krijg ik nog een kop koffie?' Ze nam een slokje van haar sap. 'Heb je cafeïnevrije of gewone koffie gezet?'

'Cafeïnevrije,' zei Marcus. 'Ik nam aan dat u straks naar bed wilde.'

'Goed gedacht,' zei ze.

'Ja, hij is de slimste thuis,' zei Spencer.

'Kappen,' pareerde Marcus direct.

'Niet ruziemaken,' zei Dorothy.

'We maken geen ruzie,' zei Spencer. 'Kan ik even met je praten?'

'Ik dacht dat we dat al deden,' antwoordde Dorothy.

Spencer zei niets.

'Vertel,' drong zijn moeder aan.

'Misschien is het niet zo'n goed moment...'

'Vertel!' zei Dorothy geïrriteerd.

Spencer schraapte zijn keel en keek naar zijn oudere broer. Marcus zette een kop koffie voor zijn moeder neer. 'Ik kan wel even naar de andere kamer gaan, als je wilt.'

'Nee, blijf maar hier,' zei Spencer. 'Misschien heb ik je hulp nodig.'

Dorothy's ogen vernauwden zich. 'Wat heb je nu weer gedaan?'

'Niks. Luister nou gewoon even, goed?'

Ineens drong het tot haar door waarom ze zo tegen hem snauwde. Omdat ze zich daardoor een gewone moeder voelde. Als ze zich nu niet zou gedragen als een doorsnee moeder zou ze snikkend instorten en God op haar knieën danken voor de gezondheid van haar twee prachtige zoons. En ze wilde niet zwak en kwetsbaar en hulpeloos zijn in het bijzijn van de jongens.

Ze zei: 'Ik luister, maar ik hoor nog niets.'

Spencer fronste zijn voorhoofd. 'Goed dan. Ik zal vanaf nu heel erg mijn best doen op school, mama. Ik zal… ik zal proberen me niet meer af te laten leiden door al dat gedoe, die wapens, drugs, gangs. Al dat gezeik hier.'

'Let op je woorden!'

'Sorry.'

'Geen vuurwapens meer, is dat afgesproken?'

'Ja hoor,' zei Spencer. 'Mag ik nu even uitpraten?'

'Wie houdt je tegen?'

Spencer deed geen moeite het voor de hand liggende antwoord op die vraag te geven. 'Ik zal echt heel erg mijn best doen. Maar er is één ding dat u moet weten. Ik weet dat Marcus het weet. En ik weet dat ík het weet.'

'Wat weet?'

'Laat me nou verdergaan.'

Niemand zei iets.

Spencer zuchtte. 'Mama, ik ben gewoon geen studiebol. Ik vind school niet leuk, ik vind boeken niet leuk, en ik kan er niet tegen om vijf uur op mijn gat te moeten zitten op een plek waar helemaal niets te beleven valt behalve dat er mensen zitten te gapen en propjes naar elkaar schieten of zelfs nog erger.'

'Er zijn best een paar heel goede leraren.'

'Ze proberen het wel, mama, maar het is gewoon één grote dierentuin. De klassen zijn veel te groot, de boeken zijn oud en saai, en ik ben totaal niet geïnteresseerd in wat ze me proberen te leren.' Hij wierp een wanhopige blik op zijn broer.

Marcus haalde zijn schouders op. 'We zijn niet allemaal van die studiehoofden.'

'Stil, jij,' zei Dorothy. 'En jij, jongeman, jij moet eens even goed naar me luisteren...'

'Mama, alstublieft!'

Dorothy wilde verdergaan maar hield toen haar mond.

'Mag ik mijn verhaal alstublieft éven afmaken?' jammerde Spencer. Toen een reactie van de grote dame uitbleef, zei hij: 'Ik vind het niet leuk om messen en kogels en drugs te moeten ontwijken en lui die willen dat je jezelf bewijst of met hun klerezooi te koop lopen. Ja, ja, ik zal op mijn woorden letten. Maar dat is nu eenmaal waar ik dag in, dag uit tussen zit.'

'En waar denk je dat ik tussen zit?'

'Precies hetzelfde. Dat is de reden van mijn plan. Als ik dan toch tussen dat gedoe zit... Hoorde je me? Ik zei netjes gedóé. Als ik dan toch met dat gedoe te maken heb, dan kan ik er net zo goed voor betaald worden. Ik wil niet naar de universiteit. Ik ben geen studiebol zoals Marcus. Wacht, mama, laat me nou even uitpraten.'

'Ik zei niets.'

'Ik zag het aan je gezicht.'

'Zeg dat wel,' mompelde Marcus.

'Had ik jou niet gevraagd om een bepaald iets gesloten te houden?' zei Dorothy.

'Ja, koningin Dorothy, ik bied u mijn nederige excuses aan voor mijn ontijdige onderbreking.'

Ondanks zichzelf grinnikte ze.

Spencer beet op een nagel en zei: 'Ma, ik wil naar de academie. Dat is wat ik wil gaan doen als het me niet lukt om prof te worden.'

Dorothy staarde haar jongste zoon aan. 'De politieacademie?'

'Nee, de kunstacademie, nou goed?'

'Zeg, jongeman, geen praatjes.'

'Ja, de politieacademie. Als het met basketbal niets wordt, dan wil ik bij de politie.'

Niemand zei iets. Ten slotte zei Marcus: 'Je koffie wordt koud, ma.'

'Die koffie kan me niets schelen.'

'Je hoeft niet te schreeuwen,' zei Spencer.

'Ik schreeuw niet, ik verhef mijn stem! Spencer Martin Breton, ik wil niet dat jij politieagent wordt. Daar ben je te goed voor.'

Spencer liet zijn ogen op de tafel rusten. Zijn lippen trilden.

'Wat is er?' vroeg ze vorsend.

'Niets.'

'Wat?'

Hij hield zijn ogen afgewend. 'Ik ben trots op je. Misschien komt er ooit een dag dat je zelf trots bent op wat je doet, mama.'

Daar had ze geen antwoord op.

'Het is niet mijn eerste keus,' ging Spencer verder. 'Mijn eerste keus is om basketbalprof te worden. Als het bij de NBA niet lukt, dan ga ik naar Europa. Maar ik weet dat zelfs dat een droom is. En daarom heb ik een reserveplan. Maar toch geloof ik in mezelf. Echt. Het schoolteam is tot de halve finale gekomen. Ik denk dat ze met mij in de finale kunnen komen. De coach denkt dat ook. Hij gelooft ook in me.'

'Hij heeft gelijk,' zei Marcus.

'Ik geloof ook in je, Spencer,' zei Dorothy. 'Want je bent echt goed. En dat is nu precies de reden dat je een sportbeurs voor de universiteit kunt krijgen.'

'Dat is zonde van de tijd en het geld, mama. Laat ze die beurs aan een studiebol geven. En dat ben ik niet. Ik haat leren!'

'Tegenwoordig moet je overal voor gestudeerd hebben.'

'Nee, mama, niet iedereen hoeft te studeren. Maar je hebt wel een doel nodig, en dat heb ik. En ik wil dat je hierin achter me staat.'

Dorothy bleef stil.

'Of...' Spencer schraapte zijn keel nog een keer. 'Of als je dat nu niet meteen kunt, denk er dan in ieder geval over na.'

'Dat lijkt me niet meer dan reëel,' zei Marcus.

Dorothy wierp hem een boze blik toe. Tegen Spencer zei ze: 'Je hebt geen idee waar je aan begint. Politieagenten hebben geen luizenbaantje. Het is een zware baan met veel stress, lange dagen, en er is niets romantisch aan.'

'Ik denk dat ik een goed beeld heb van hoe het is, mama. Dit is niet iets wat ik net bedacht heb. Ik ben hier al heel lang mee bezig. En meer heb ik er op dit moment niet over te zeggen. Dus, als jullie me willen excuseren, ik moet studeren.'

De jongen pakte zijn potlood op en ging aan de slag met een paar berekeningen.

Marcus en Dorothy keken elkaar aan. De jongen haalde zijn schouders op, ging weer zitten en pakte zijn studieboek.

Dus nu stond het vak van politieagent op nummer één van deze maand. Tieners veranderden net zo vaak van gedachten als van sokken. Maar de schietpartij leek een nieuw soort nuchterheid aan Spencers manier van doen te hebben toegevoegd. Hij had een doel. Hij leek gemotiveerd. Hij praatte zelfverzekerd en hartstochtelijk. Misschien zou deze bevlieging langer dan drie dagen duren, maar om eerlijk te zijn betwijfelde Dorothy dat.

10

Omdat Dorothy het met kogels doorzeefde lichaam op de plaats van misdaad had gezien en het op de metalen plaat uit de 'vleesla' getrokken had zien worden, had ze een diepgewortelde aversie tegen het weerzien met het lijk. Teruggeplaatste schijfjes en blokjes: een menselijke legpuzzel.

Deze jongen was net zo oud geweest als haar zoon, zijn teamgenoot. Dit kwam te dicht bij huis, veel te dicht bij huis. Ze had de patholoog-anatoom gevraagd met haar en Micky in zijn kantoor te praten in plaats van rond de kille metalen tafel.

John Change was een vijftig jaar oude, aan Harvard opgeleide gerechtelijk patholoog-anatoom, geboren en getogen in Taiwan. Toen hij tweeëndertig jaar geleden aan zijn opleiding wilde beginnen, dacht hij dat de kans op een studieplek groter zou zijn als hij een Engelse naam had. Vandaar dat hij de 'e' aan zijn achternaam geplakt had. Een aanpassing die de basis zou vormen voor het totale humoristische repertoire van Change: 'Elke Change is goed. Kijk maar naar mij.'

Hij was een bekend gezicht in Boston, liep goed in de marathon, en had al vijfentwintig jaar hetzelfde postuur en gewicht. De enige zichtbare kenmerken van zijn leeftijd waren de zilveren banen die door zijn gladde zwarte haar liepen.

Het laboratorium van de patholoog-anatoom en zijn kantoor zaten in de kelder van het mortuarium aan Albany. Het was een schone, zielloze ruimte zonder ramen, die baadde in een licht dat zo hard en helder was dat de zon het nooit zou willen reproduceren. Het kantoor had ruime afmetingen, maar Change had het volgestouwd met boeken, notitiemappen, tijdschriften en potjes met huidweefsel op formaldehyde. De meeste van deze monsters waren teratomen, wat, zoals Dorothy had geleerd, vreemde tumoren waren die hun afkomst dankten aan ongedifferentieerde cellen. De lievelingspotjes van Change bevatten haar, botfragmenten en tanden, en als je er bij een bepaalde lichtinval goed naar keek, dan leken het net grijnzende waterspuwers. Te midden van deze afwijkingen stonden foto's van Changes knappe vrouw en twee pienter ogende kinderen.

Dorothy kwam als laatste binnen, maar Micky zei dat hij ook pas een paar minuten binnen was. Hij zag er doodmoe uit; de vermoeide uitdrukking die komt van veel stress, weinig slaap, en geen oplossing in het vooruitzicht. Hij zat in een van de twee stoelen tegenover Changes bureau met een bekertje koffie. Ze pakte het van hem over, nam een slokje en trok een vies gezicht.

'Dit is afschuwelijk.'

'Je gunde me geen tijd om je te waarschuwen. Ga zitten.' Dorothy overwoog haar jas op te hangen maar liet het idee toen varen. De omgevingstemperatuur was erger dan die van het gangpad met diepvriesproducten in de supermarkt.

McCain zei: 'Ze hebben Delveccio een paar uur geleden vrijgelaten.'

'Hoe hoog was de borg?'

'Vijftigduizend.'

'Wie heeft er gedokt?'

'Ducaine, zoals we al verwachtten.'

'Waar is de dokter?' vroeg Dorothy.

'Change is zichzelf aan het modificeren.' McCain grinnikte om zijn eigen grapje.

'Om precies te zijn, ben ik hier.' Change stapte naar binnen en sloot de deur achter zich. Hij droeg een pak met stropdas, maar de pijpen van zijn broek waren opgerold en zijn voeten waren in werkschoenen met rubberen zolen gestoken. 'Mijn nette schoenen staan boven. Hagedissenleer. Het is een drama om de lucht daaruit te krijgen. Het leer absorbeert de geuren, en reptielenleer lijkt poreuzer, wat tegen de intuïtie indruist, toch? Niet dat ik zelf nog iets ruik, maar mijn vrouw wel. Het is onze trouwdag vandaag.'

'Gefeliciteerd,' zei McCain.

'Hoeveel jaar?' vroeg Dorothy.

'Achtentwintig.'

'Dat is lang.'

'Denise pikt een heleboel,' zei Change. 'Lange werkdagen en ik ben een monster. Maar toch: ze weet waar ik zit en dat mijn beroep zich niet leent voor ontrouw.' Hij ging zitten en vouwde zijn handen op het bureaublad. 'Ik had gedacht dat het een routineklus zou zijn. Maar in plaats daarvan heb ik iets bijzonder interessants aangetroffen. Julius Van Beest is doodgebloed, maar niet ten gevolge van de kogelwonden. Naar mijn oordeel is geen van die wonden hem fataal geworden.'

Change waaierde vier polaroidfoto's uit op zijn bureau. 'Dit zijn de schotwonden: twee die in elkaar overgelopen zijn en de rechterslaap geschampt hebben, twee gaten in de arm, en één door de schouder. Het laatste was de meest waarschijnlijke doodsoorzaak, totdat ik zag dat de kogel slechts spierweefsel heeft doorboord.'

Hij legde nog twee polaroidfoto's neer, allebei even afgrijselijk. Dorothy wendde haar hoofd af.

McCain krulde vol afschuw zijn lippen op. 'Wat is dit, Doc?'

'De binnenkant van de borstkas van de heer Van Beest. Dit is wat ik te zien kreeg toen ik hem openmaakte. Anatomisch valt er niets te onderscheiden omdat het geheel zwemt in het bloed.' Change keek op van de foto's. 'Nadat ik dit gedeelte had schoongemaakt, kon ik met zekerheid stellen dat de jongen is overleden aan een breuk in de ondersleutelbeenslagader, daar waar hij afbuigt van de aorta. En mijn inschatting is dat de oorzaak van de breuk een aneurysma is geweest, een mooi woord voor een slagaderbreuk. Omdat de wand van de ader zwak is, vormt zich daar op den duur een uitstulping, een bult, zou je kunnen zeggen. Het is als een ballon. En je weet wat er gebeurt als een ballon opblaast: de wand wordt dunner en dunner, totdat hij te veel lucht krijgt, en dan: plof!'

De rechercheurs waren sprakeloos. Uiteindelijk zei McCain: 'Hoe heeft hij dat gekregen? Dat aneurysma?'

'Meestal is het iets wat al langer bestaat. Maar ik zou me kunnen voorstellen dat de ambulancebroeders dit tijdens het reanimeren hebben veroorzaakt. Een echte Griekse tragedie, als je het zo bekijkt.'

Dorothy was sprakeloos.

'Vanuit jullie standpunt bekeken,' ging Change verder, 'zullen jullie er rekening mee moeten houden dat je jullie verdachte waarschijnlijk geen moord met voorbedachten rade ten laste kunt leggen. Alleen poging tot moord, want de schotwonden zijn niet de directe doodsoorzaak geweest.'

'Maar...' Dorothy schraapte haar keel. 'Waarom zouden de ziekenbroeders reanimatie hebben toegepast als zijn hart het niet had begeven?'

McCain doorzag haar vraag. 'Precies: de schok van het geraakt worden door een kogel heeft er om te beginnen voor gezorgd dat zijn hart ermee stopte. Daarmee legt u eigenlijk toch een direct verband met Delveccio. Nietwaar, Doc?'

'Zijn hart moet het wel begeven hebben,' hield Dorothy vol.

'Het is een idee,' gaf Change toe. 'Maar toch: de verdediging zou kunnen beargumenteren dat de schotwonden in combinatie met een reeds bestaand slagaderlijk probleem genoeg hadden kunnen zijn voor een plotselinge daling van de bloeddruk. Hij zou nog een hartslag gehad kunnen hebben, maar dan zo zwak dat de ambulancemedewerkers hem hebben gemist.'

'Maar hoe dan ook is er een direct verband met de schotwonden.'

'Helaas, rechercheur Breton, is dat slechts giswerk. In gerechtelijk-geneeskundig verband zijn de schotwonden niet de doodsoorzaak geweest. De heer Van Beest is aan zijn einde gekomen als gevolg van een gesprongen slagader. En er is geen enkele manier waarop we kunnen zien wanneer dat precies heeft plaatsgevonden. De verdediging zou zelfs kunnen aanvoeren dat de ambulancebroeders het hebben verergerd, dat het slachtoffer het zonder hun werk zou hebben overleefd. Iedere neerwaartse beweging op het borstbeen zou de wand van de zwelling verder en verder opgerekt kunnen hebben tot hij openscheurde. De plek zit precies onder het sleutelbeen waar de aorta zich splitst in de halsslagader die het hoofd voedt en de ondersleutelbeenslagader die naar het bovenlichaam voert. Dit zijn belangrijke vaten die enorm veel bloed transporteren.'

'Dat is belachelijk,' zei McCain.

'Misschien, maar er bestaat meer dan gegronde twijfel.'

Het werd stil in de kamer.

McCain schraapte zijn keel. 'De opwinding van het neergeschoten worden moet ervoor gezorgd hebben dat zijn hart sneller ging kloppen, waardoor er extra druk op het gezwel is komen te staan. Nietwaar?'

Change zei niets.

'Heb ik gelijk, Doc?'

Change pakte een potlood op en zwaaide ermee heen en weer alsof het een toverstokje was. 'Ja, het sympathisch zenuwstelsel werkt versneld onder grote druk. Ik ben ervan overtuigd dat zijn hart op een bepaald moment zeer snel geklopt moet hebben.'

'Zou dat de kans op het openbarsten van het aneurysma vergroten?'

'Dat is bijzonder speculatief. Ik zou ernaar kunnen gissen, maar ik zou onmogelijk vast kunnen stellen hoe snel zijn hart geklopt moet hebben. De verdediging zou dat aangrijpen. Als ik Delveccio's advocaat was, dan zou ik me blijven richten op de reanimatie.'

Dorothy vroeg: 'Er bestaat geen enkele kans dat de gesprongen ader is veroorzaakt door een van de schotwonden?'

Change schudde zijn hoofd. 'Er is geen enkel gat gevonden in de directe omgeving.'

'Een afgeweken kogel misschien?'

'Zo is het niet gegaan, rechercheur.'

'Julius is voorovergevallen toen hij werd geraakt,' zei

Dorothy. 'Misschien heeft de dreun op zijn borst het openbarsten van het aneurysma veroorzaakt.'

Change overwoog de optie. 'Dat is een mogelijkheid.
Maar, aan de andere kant is hij tijdens de wedstrijd van gisteravond behoorlijk hard op zijn borst geraakt. De verdediging zou kunnen aanvoeren dat dat de aanleiding is geweest.'

'Wij waren erbij,' zei Dorothy. 'Voorzover ik heb kunnen
zien, is hij in zijn hals geraakt.'

Change zei: 'De klap van een dergelijke overtreding heeft
hoogst waarschijnlijk impact op hals, gezicht en borst. Het
moet een behoorlijke klap geweest zijn om zo'n grote man
neer te halen. Ik heb me laten vertellen dat hij een tijdje buiten westen is geweest.'

'Hij is teruggekomen en heeft de wedstrijd van zijn leven
gespeeld,' zei Dorothy.

'Dat wil niet zeggen dat de schade niet toen al toegebracht
was. Misschien heeft de overtreding een slagaderlijke scheur
verergerd. Voeg daar de druk van reanimatie nog eens aan
toe...' Change hief zijn handen in de lucht.

McCain zei: 'De verdediging dit, de verdediging dat. Wat
dacht u ervan om óns iets te geven om mee aan de slag te
gaan?'

'Ik probeer jullie alleen maar duidelijk te maken wat jullie te wachten staat. Waar de officier van justitie mee zal komen wanneer jullie je zaak bepleiten. Voor wat betreft poging tot moord, rechercheurs, staan jullie ijzersterk. Maar ik
zou niet zonder gerede twijfel kunnen verklaren dat het aneurysma is gebarsten door toedoen van de schutter.'

'Dat is absurd,' zei McCain.

'Voor poging tot moord zal hij hoe dan ook moeten zitten,' zei Change.

'Dat is niet hetzelfde als moord met voorbedachten rade,'
zei McCain. 'Dat zou zitten zonder kans op parool zijn, en
dat is precies wat de klootzak verdient voor het in het wilde weg rondschieten in een club.'

'Kan ik even een stukje terug?' vroeg Dorothy. 'U zei dat u dacht dat het een reeds bestaande aandoening was.'

'Vrijwel zeker. Als het een aneurysma was.'

'Als?'

'Theoretisch gezien,' zei Change, 'zou de barst door de druk hebben kunnen ontstaan. Maar dat acht ik hoogst onwaarschijnlijk, en dat zou ik als getuige moeten vermelden.'

'Maar toch,' zei Dorothy, 'het is niet onmogelijk, is het wel? En zou zo'n breuk niet hebben kunnen ontstaan door een nare val op de tafel nadat hij was neergeschoten? In welk geval we terug zijn bij de schietpartij als belangrijkste oorzaak.'

'Ik geloof niet dat een val op de tafel dit zou kunnen veroorzaken.'

'Maar als het nu eens geen reeds bestaande aandoening was?'

Change zei: 'Maar hoe zou u dat kunnen zeggen zonder vroegere röntgenfoto's van de hartstreek?'

Dorothy glimlachte. 'Op Boston Ferris is het voor alle sporters verplicht om jaarlijks een uitgebreid medisch onderzoek te ondergaan, inclusief röntgenfoto's van hun borst. Ik weet dat van mijn eigen zoon. Aangezien Julius dit jaar voor de vierde keer in het team zat, betekent dat dat er vier foto's moeten zijn. Dit aneurysma waar we het over hebben, dat zou toch te zien moeten zijn op een röntgenfoto, is het niet?'

Change knikte. 'Als het groot genoeg was wel, ja.'

'En als de arts dit gezien had... dan zouden ze hem toch zeker niet hebben laten spelen, is het wel?'

Opnieuw knikte Change. 'Áls het groot genoeg was, en áls iemand het gezien had. De slagader loopt achter het sleutelbeen. Het aneurysma zou verstopt hebben kunnen zitten achter een bot.'

'Maar misschien ook niet. En hebben ze hem laten spelen. En hij heeft vier jaar gespeeld zonder enig probleem.'

Change schokschouderde.

'Ik heb het idee dat Dorothy op de juiste weg zit,' viel McCain in. 'Het is absoluut de moeite waard om een blik op die röntgenfoto's te werpen. Want als het niet te zien was, dan zat het misschien inderdaad verstopt achter een bot. Maar misschien zat het er ook wel helemaal niet. Hetgeen zou betekenen dat de val op de tafel de breuk heeft veroorzaakt, Doc.'

'Rechercheur, slagaders exploderen niet zomaar.'

'Maar u kunt niet met honderd procent zekerheid vertellen wat er wél is gebeurd, toch?'

'Ik kan u vertellen dat een kogelwond niet de veroorzaker is van de gesprongen slagader,' zei Change. 'Ik heb geen punctie aangetroffen door oorzaak van buitenaf. Noch enige botfragmenten die hun weg naar binnen hebben gezocht. Derhalve moet de oorzaak dus idiopathisch zijn; iets inwendigs, uniek voor de heer Van Beest.'

'Kijk, Doc,' zei McCain, 'ik zit te denken dat als niemand iets gezien heeft op al die röntgenfoto's die er in de afgelopen vier jaar van Julius gemaakt zijn, dat dit aneurysma dan behoorlijk klein moet zijn geweest. Dus misschien kunnen we een solide zaak bouwen op het feit dat zijn hart op hol is geslagen tijdens de schietpartij.'

Dorothy zei: 'Ik ben nog steeds voorstander van de val op de tafel. Zijn bloeddruk heeft, zoals u zei, een duikvlucht gemaakt en zijn hart is ermee opgehouden.'

'Precies,' zei McCain.

Dorothy schoof haar stoel dichter naar Changes bureau. 'Hij was al de klos voordat de ambulancebroeders met hem aan de slag gingen.'

Change hoorde hun verhaal aan en glimlachte zwakjes. 'Ik zou niets van dat alles officieel kunnen beweren, rechercheurs.'

'Maar u zou ook niet kunnen beweren dat het níét zo is gegaan,' zei Dorothy. 'En als er niets boven water komt op de röntgenfoto's...'

'U zult eerst de officier van justitie moeten overtuigen.'

'Als u voor het medisch perspectief zorgt,' zei McCain, 'dan houden wij ons wel bezig met de officier van justitie.'

'Ik kan niet beloven dat ik zal zeggen wat jullie willen.'

'Doc, als u uw werk doet, dan doen wij het onze. Ik ben het zat om dit schorem weg te laten komen met een vermaning!'

'Voor poging tot moord krijgen ze meer dan een vermaning,' zei Change.

'Als we met voorbedachten rade bepleiten en het wordt teruggebracht tot poging tot doodslag, dan vind ik het goed,' zei McCain. 'Want weet u wat we anders krijgen? Een poging tot doodslag die in verweer zal worden teruggebracht tot een misdrijf met gebruik van vuurwapen in een openbare gelegenheid en het opwekken van paniek. Hetgeen wel gevangenisstraf zal opleveren, maar niet in de mate die deze klootzak verdient.'

'Dat lijkt me een beetje pessimistisch gedacht,' zei Change. 'Het slachtoffer is tenslotte beschoten.'

'En de klootzak zal zeggen dat het niet zijn bedoeling is geweest hem te raken, dat hij gewoon een beetje aan het dollen was, dat hij een paar biertjes te veel op had. Ik weet precies hoe het gaat, Doc. Vooral bij dat tuig uit het sportwereldje. De advocaten zetten de zaal vol met fans. We zullen de maximum telastlegging moeten aanvoeren en daarmee aan het werk moeten.'

Change liet zijn rug tegen de leuning zakken. 'De keuze is aan u.'

'Precies!' McCain maakte zich steeds drukker.

Dorothy onderbrak het gesprek. 'Als ik ervoor zorg dat u een fatsoenlijke röntgenfoto krijgt, Doc, wilt u hem dan voor me bekijken?'

'Uiteraard,' zei Change. 'Eerlijk gezegd hebben jullie me nieuwsgierig gemaakt.' Hij dacht even na en zei toen: 'Een röntgenfoto opvragen, heel slim.'

'Het is een slimme tante,' zei McCain. 'Daarom is zij rechercheur en bent u arts.'

11

Het resultaat van een fusie tussen het Boston Electronic and Technical en de Ferris Fine Arts Academy was een universiteit die in de jaren vijftig een oplossing bood voor beide berooide instituten. Door de middelen te bundelen, kocht het nieuwe BF-bestuur een ter ziele gegane school voor voorbereidend onderwijs aan en vormde het deze kruising om naar het voorbeeld van New Yorks Cooper Union: een Atheense samensmelting van schone kunsten, toegepaste wetenschappen en natuurwetenschappen.

Maar dan wel met een eigen draai. Boston Ferris werd ingezet om zijn diensten te verlenen aan de tweedeling van de gemeente Boston. De toelatingscommissie van de universiteit deed haar uiterste best om eigen mensen toe te laten. De universiteit met een hart.

Over sport was niet eens nagedacht, totdat de commissie ontdekte dat veel locale jongeren, opgegroeid op straat, veel van hun tijd doorbrachten met basketballen. Al snel daarna begon Boston Ferris actief atleten te werven en regende het inschrijvingen. De school bouwde een ultramoderne sportzaal, een fitnessruimte, een zwembad en een sauna en bood voor de beste sporters opleidingen aan als Toegepaste Elektronica en Praktische Waterleidingtechniek, een mooi woord voor loodgieteropleiding. De subtiele overschakeling stoorde Micky McCain en Dorothy Breton niet. Wat ze wel stoorde, was dat de administratieve afdeling van het gezondheidscentrum weigerde mee te werken aan de vernieuwingen. Maar dan ook echt niet.

91

Het was één groot bureaucratisch moeras dat slechts geëvenaard werd door het departement van politie in Boston, en net als bij dat departement diende elk verzoek schriftelijk te worden ingediend. Deze dogmatische stupiditeit joeg McCain door het lint. En Dorothy verging het niet veel beter. 'Dit is een moordonderzoek,' zei ze. 'We kunnen geen toestemming van de patiënt vragen aangezien hij dood is!'

Ze hadden het tegen Violet Smaltz, een drieënzestig jaar oude feeks met een permanent stuurse blik en een gezicht als een papieren zak. Ze kneep haar ogen samen en snoof.

'Ik weet dat de jongen dood is, rechercheur. En het zou geen enkel verschil maken als hij nog leefde. Als het kantoor van de patholoog-anatoom zijn medische gegevens wenst, dan zal de patholoog-anatoom een verzoek tot overdracht van medische gegevens moeten indienen en dat met het bijbehorende papierwerk moeten insturen. Medische gegevens worden alleen van arts naar arts overgedragen.'

'Wat een gelul!' barstte McCain uit.

Violet keek hem vinnig aan. 'Dat soort taal is nergens voor nodig, rechercheur McCain.'

'Als ik u een dagvaarding zou...'

'Dan moet u dat vooral doen!' Violet vouwde haar handen voor haar borst. Ze droeg een lange grijze rok en een grijs vest dat rond haar magere lichaam slobberde. Ze zag eruit als een oude kraai.

Dorothy gaf het op. 'Goed, kunt u ons dan in ieder geval helpen aan de juiste aanvraagformulieren?'

Violet gaf geen krimp. Ze bleef McCain hatelijk aankijken.

'Alstublieft?' smeekte Dorothy.

Opnieuw gesnuif. 'Eén minuutje.'

Zodra ze weg was, zei Dorothy: 'Het heeft geen nut om lelijk te doen, Micky.'

'Jawel, voor mij wel.'

Smaltz kwam een paar minuten later terug. 'Hier hebt u

drie kopieën. Ze moeten alledrie duidelijk leesbaar ingevuld worden.'

McCain graaide de papieren uit Violets hand. 'Ik weet zeker dat deze rompslomp allemaal niet nodig was geweest als ik directeur McCallum was.'

'Tja, maar u bent directeur McCallum nu eenmaal niet, of wel soms?'

Buiten wikkelde Dorothy haar sjaal rond haar hals. 'Soepeltjes hoor, Micky. Als ze nu de aanvraag binnenkrijgt, gooit ze hem meteen in de prullenbak.'

'Nee, dat doet ze niet. Dat zou tegen de reglementen zijn. Ik wou dat er een manier was om haar d'r vet te geven.'

'Ze is waarschijnlijk de enige persoon op de administratie die weet waar alles te vinden is.'

'Iedereen moet een keer dood.'

'Wat moet ik toch met jou?'

'Me feliciteren,' zei McCain. 'Ik heb mezelf zojuist een idee aan de hand gedaan. In de vorm van directeur McCallum. Wat dacht je ervan als we hem eens opzochten? Misschien kan hij het ons wat gemakkelijker maken.'

'Wat geeft je het idee dat hij met ons zal willen praten?'

'Dat weten we pas als we een poging wagen.'

Die poging nam vijfenveertig minuten zwaaien met penningen en wandelen van het ene beveiligingspoortje naar het andere in beslag. Uiteindelijk werden ze begeleid naar een reeks penthousevertrekken in het vijf verdiepingen tellende gebouw van de administratie. Directeur McCallum had niet alleen een secretaresse, maar zelfs een hele staf. Dorothy telde minstens vijftien systeemkantoortjes, voornamelijk bemand door studenten. Waarschijnlijk in ruil voor een studietoelage.

McCain was verbaasd over de omvang van het kantoor van de directeur; het was veel kleiner dan hij had verwacht. Toch was de ruimte van alle gemakken voorzien: glanzende, walnotenhouten panelen op de wanden, een goedgevulde bar, bewerkte boekenkasten, en een blinkend rozenhouten bureau. En McCallums persoonlijke kerstboom, hoog en groen in een hoek met ramen. Het uitzicht daarachter was er een van een New England-ansichtkaart.

McCallum was een vlezige man met wit haar, een teint die blozender was dan die van een kapitein ter zee, een roodgeaderde aardappelneus en waterige blauwe ogen. Zijn hangende gezicht en gekreukte pak deden vermoeden dat hij de afgelopen vierentwintig uur weinig aan slapen toe was gekomen.

Je bent niet de enige, dacht McCain bij zichzelf. Hij en Dorothy namen plaats tegenover de man, aan de andere kant van het elegante bureau. Het was snikheet in de kamer. Dorothy transpireerde omdat ze haar jas nog steeds aanhad. Ze trok hem uit en McCallum gebaarde naar een hardhouten kapstok waaraan een zwarte kasjmieren overjas hing.

'Hoe gaat het ermee, rechercheurs?'

'Prima, meneer,' antwoordde McCain.

'Nou, met mij niet,' zei McCallum. 'Ik heb een vreselijke dag achter de rug en ik ben bang dat ik enigszins uit mijn doen ben. Maak het uzelf gemakkelijk. Ik ben trots op het feit dat ik beter ben in contacten met de werkende klasse dan met de academische nabobs. Ik ben opgegroeid in deze stad. Mijn vader was dokwerker en mijn moeder beulde zich af in de fabriek. Ik heb zelf op Boston Ferris gezeten.'

'Een lokale stadse jongen die zich opgewerkt heeft,' zei McCain.

Er klonk een sarcastische ondertoon door in zijn woorden, maar dat ontging McCallum, of hij koos ervoor om dat te negeren. 'Ik zie het als een inlossing aan de gemeenschap die in me geloofde.'

'Gelijk hebt u, directeur,' zei McCain.

Dorothy gaf hem een trap tegen zijn schenen.

McCallum zei: 'Wat kunt u me vertellen over de huidige

staat van het onderzoek? Hebben jullie dat beest gearresteerd?'

'Welk beest?' vroeg McCain.

'Dat weten jullie net zo goed als ik. Uitschot is het, die jongen. Hij behoort achter slot en grendel voor wat hij heeft gedaan.'

'Over wie hebt u het?' vroeg McCain.

'We proberen uw vragen niet te... ontwijken,' zei Dorothy. 'We willen alleen maar weten of we op dezelfde lijn zitten.'

'In de trant van: misschien weet u iets wat wij niet weten?' voegde Micky daaraan toe.

McCallum kreeg een harde blik in zijn ogen. Hij vouwde zijn handen, legde ze op het glanzende bureaublad en boog voorover. 'De school betreurt een groot verlies. Om precies te zijn: het is crisis in de hele stad. Hebt u de ochtendbladen gezien?'

'Ik zal het u sterker vertellen,' antwoordde McCain, 'ik heb de journalisten gisteravond gesproken.'

'Dan zult u begrijpen met welke misère ik op dit moment te maken heb. Ik heb de hele ochtend aan de telefoon gehangen met Ellen Van Beest, en tussentijds heb ik telefoontjes moeten afhandelen van het hoofd van politie, de burgemeester en de gouverneur. Voorzover ik begrijp is de legislatuur bezig een speciale vergadering bijeen te roepen om onderzoek in te stellen naar sporters en geweld. Dat is met name bijzonder irritant omdat dat totale flauwekul is.'

'Noemt u geweld flauwekul?' vroeg Dorothy.

'Nee, natuurlijk niet. Maar dat de krantenkoppen sport aan agressie koppelen, de onzin over dat nachtclubs slagvelden zouden zijn, dat is gewoon zwaar overdreven! Er gebeurt iets verschrikkelijks en de media blazen het op de hun welbekende manier meteen op tot buiten elke proportie. Vervolgens beginnen de hoge pieten te blaten en zich zorgen te maken dat ouders hun kinderen niet meer naar Boston zullen willen sturen. En dat alles vanwege iets wat toevallig een doodenkele keer gebeurt.'

'Toevallig een doodenkele keer?' vroeg McCain.

'Wat is de laatste keer geweest dat u iets hebt gehoord over een sporter die is neergeschoten in een club?'

'Paul Pierce die is neergestoken telt niet mee?'

'Dat is vijf jaar geleden,' zei McCallum. 'Het laatste wat ik daarover heb gehoord, is dat de man volledig hersteld is. Het is een ster, godbetert. Dus laten we ons nu niet laten afleiden door oud nieuws.' Hij beet zijn kiezen op elkaar. 'Ik zit nogal krap in mijn tijd. Is er iets specifieks wat ik voor jullie kan doen?'

'Om eerlijk te zijn, ja...' Dorothy overhandigde McCallum de formulieren die ze in drievoud van Violet Smaltz had gekregen. 'We hebben de medische gegevens van Julius Van Beest nodig en we zouden graag zien dat u dat voor ons regelde.'

'Wat is dit?' vroeg McCallum.

'Administratieve rompslomp,' zei McCain. 'Van uw gezondheidscentrum.'

McCallum liet zijn ogen over de documenten glijden en trok een gezicht. 'Waar hebben jullie de medische gegevens van Julius voor nodig?'

'We gaan gewoon grondig te werk, meneer,' zei Dorothy.

'Voor wie is het?' vroeg McCallum.

'De patholoog-anatoom.'

'Met welk doel?'

'Zodat we ons werk grondig kunnen doen,' herhaalde Dorothy.

McCallum schudde zijn hoofd. 'Dit is niet aan mij, rechercheur. Als de patholoog-anatoom de dossiers wil inzien, zal hij een officieel verzoek moeten indienen. Dat is nu eenmaal de normale gang van zaken.'

'Ja, dat weten we,' zei McCain. 'Maar aangezien dit een moordonderzoek is dat iedereen graag zo snel mogelijk opgelost zou willen zien, vroegen we ons alleen maar af of u ons daar misschien bij zou kunnen helpen.'

Dorothy zei: 'U weet hoe het gaat, meneer. De kranten schreeuwen om informatie, en we zouden ze graag mededelen dat Boston Ferris op alle mogelijke manieren zijn medewerking verleent.'

'We verlénen onze medewerking,' zei McCallum. 'Als u het gevraagde papierwerk indient, krijgt u alle dossiers.'

Geen van beide rechercheurs maakte aanstalten om op te staan.

McCallum zuchtte walgend. 'Goed. Goed. Ik zal even bellen.' Hij klopte op de formulieren. 'Ook al is dat níét de normale gang van zaken.'

'Hartelijk dank, meneer,' zei Dorothy. 'Dit stellen we erg op prijs.'

'Hier heeft iedereen profijt van,' voegde McCain daaraan toe.

'Ja, ja.' McCallum pakte de telefoon. 'Jullie hebben geen idee wat een immense gunst ik jullie verleen. Boven op alle huidige ellende moet ik nu ook nog eens in conclaaf met Violet Smaltz!'

12

'Beter in contacten met de werkende klasse!' foeterde McCain zachtjes terwijl hij de auto startte. 'Wat een klootzak!'

Dorothy stak de manilla-envelop omhoog. Daarin zat de meest recente röntgenfoto van Boston Ferris van Julius Van Beest. 'Maar hij heeft er wel voor gezorgd dat we hebben wat we wilden.'

'Weet je, als je een snob bent, kom er dan eerlijk voor uit.'

Hij zette de verwarming op volle kracht. 'Dan weten we tenminste allemaal waar we staan.'

'Dit is Boston. Je zou ondertussen beter moeten weten,' zei Dorothy. 'Eerst was het de intelligentsia. Nu zijn het de universiteiten. We dienen en verdedigen een land vol pretentieuze omgevallen boekenkasten.'

McCains mobiele telefoon ging. Hij viste hem uit zijn zak en klapte het klepje open. 'McCain... Dat is geweldig, mevrouw Mathers, helemaal geweldig. Ik zou haar graag... Ja... Ja... Ja... Ik begrijp het, mevrouw Mathers, maar ze is een belangrijke getuige... Ja... Ja, ik snap het. Kunnen we dan misschien alleen even langskomen om een paar minuutjes met u te praten? U hebt mijn woord dat we heel discreet zullen zijn... Hallo?' Hij blies zijn adem uit. 'Ze heeft me opgehangen.'

'Wie?'

'Rayella Mathers. Haar dochter, Spring, zit springlevend op een, ik citeer, "niet nader bekend te maken plek", om tot rust te komen.'

'Bang.'

'Wie zou er niet bang worden van dat schorem?'

'Nou, nou, over wat voor schorem hebben we het hier eigenlijk?' grapte Dorothy.

McCain glimlachte en dacht even na. 'Ik heb je hulp nodig bij mevrouw Mathers. Jij zult mams moeten overtuigen van de noodzaak ons te vertellen waar Spring zit.'

'Je wilt een gesprek van zwarte vrouw tot zwarte vrouw?'

'Van de ene sterke, dappere zwarte moeder tot de andere. Wat dacht je ervan als we Julius' röntgenfoto eens afgaven bij het mortuarium en de dokter later spreken? We moeten bij Spring zien te komen voor Pappy het doet.'

Dorothy zei: 'Zo stom zal hij toch niet... Laat maar. Kom, rijden.'

Er was niet veel overredingskracht voor nodig van Dorothy om Rayella Mathers over te halen hun het 'geheime' adres van haar dochter te geven. Ze zat in het appartement van een verre nicht in Roxbury, een studentenhuis.

Maar er was wel veel overredingskracht voor nodig van Dorothy om Rayella ervan te overtuigen dat ze haar dochter niet mocht waarschuwen dat de politie onderweg was. Ze wilden niet dat het meisje de benen nam.

Zodra ze op de plek van bestemming waren, bepaalden de rechercheurs hun werkwijze. Ze waren er vrijwel zeker van dat Spring de deur niet vrijwillig open zou doen, en geen van beiden had het papierwerk om haar daartoe te dwingen. Na wat heen-en-weergepraat besloten ze dat Dorothy haar beste imitatie van Rayella zou weergeven, net buiten het zicht van het kijkgaatje in de deur.

Spring Mathers deed de deur open, zag vreemden en deinsde geschrokken terug. Het lukte haar bijna de deur voor hun gezichten dicht te slaan, maar McCain was haar net iets te vlug af met zijn schouder. 'Een paar minuutjes maar, Spring.' Hij duwde de deur verder open, stapte naar binnen en liet haar zijn insigne zien. 'Ik beloof je dat we je leven een stuk eenvoudiger zullen maken.'

'Doe dat maar door meteen weer op te rotten met die vette reet van jullie! Oprotten! Oprotten!'

Ze maakte er een hele show van, maar dat kon Dorothy ook. 'Wat denk je, meisje, als wij je kunnen opsporen, dat het dan zo moeilijk zal zijn voor Pappy om je te vinden? En nu is het genoeg. Dank God maar op je blote knietjes dat wij hier eerder zijn gekomen dan hij!'

De woorden vielen op de juiste plek in Springs bange hersens. Ze deed twee stappen naar achteren en vouwde haar armen voor haar borst. Geen wonder dat Julius zijn oog op haar had laten vallen. Ze was echt een stuk: mokkaroomkleurige huid, grote ronde ogen, zinnelijk volle rode lippen, perfecte jukbeenderen. Slank, maar met volle borsten en een

perfect hoog, rond achterwerk. Zelfs in Dorothy's slanke dagen had ze nooit een figuur als dit gehad.

'Wat willen jullie?' Ditmaal was Springs stem een hees ge-
fluister.

'We willen Pappy Delveccio achter slot en grendel hebben. Is dat niet hetzelfde als wat jij wilt?'

'Ik heb geen schot gezien.' De tranen stroomden over de
zachte wangen van het meisje. 'Dat is de waarheid, mevrouw.
Ik heb nooit niemand zien schieten.' Ze huilde nu hard.
'Waarom laten jullie me niet met rust?'

'Omdat we niet willen dat het beest dat Julius doodgeschoten heeft aan de wandel gaat,' zei McCain.

'Naar wie denk je dat hij op zoek gaat als hij niet opge-
borgen wordt?' zei Dorothy tegen het meisje.

'Niet als ik jullie nooit niks vertel!' kaatste Spring terug.
'En er valt niks te vertellen, want ik heb niks gezien. Ik heb
het alleen maar gehoord. Pop, pop, pop, je weet wel. Dat is
alles. Ik was te bang om rond te kijken wie er schoot.'

McCain haalde zijn aantekeningenboekje tevoorschijn.
'Waar zat je?'

'Naast Julius. Hij was er zeg maar klaar voor, niks als ge-
paai. Ik wist wat er ging gebeuren.' Ze haalde haar schouders op. 'Mij maakte het niet uit.'

'Het gaat prima, Spring,' zei Dorothy. 'Vertel, waar zat
Julius?'

Spring keek haar minachtend aan. 'Aan tafel.'

'Waar aan tafel?'

'Hoe bedoelt u?'

McCain zei: 'De tafels stonden langs de reling, nietwaar?'
Spring knikte.

Dorothy zei: 'Zat hij over de reling naar beneden te kijken of zat hij er met zijn rug naartoe?'

Spring kneep haar ogen tot spleetjes toen ze het beeld in
haar herinnering probeerde op te wekken. 'Hij zat... over de
reling te kijken... naar de deur, zodat hij in de gaten kon

houden wie er binnenkwam. Toen zei hij... hij zei: "O-o, Pappy is terug." Hij stond op. Dat is het moment dat ik dat gepop hoorde. Iedereen begon te gillen.'

Ze sloeg haar handen voor haar gezicht. 'Ik heb me op de grond laten vallen, heb me opgekruld en heb liggen bidden.' Ze liet haar handen zakken en schudde haar hoofd. 'Toen het voorbij was, lag Julius over de tafel en hij bloedde als een rund.' Ze staarde Dorothy aan. 'Ik heb Pappy nooit gezien en ik heb hem nooit een pistool zien trekken.'

Dorothy probeerde het meisje tot rust te manen. 'Spring, toen je weer opstond, zag je Julius op de tafel liggen. Lag hij op zijn buik of op zijn rug?'

'Volgens mij lag hij op zijn buik. Hij was er met een zware plof op gevallen. Ik weet nog dat ik dacht dat-ie me met tafel en al dood zou pletten.'

'Dus hij viel behoorlijk hard,' zei Dorothy.

'Ja,' zei Spring. 'Heel hard. Maar ik heb niet gezien wie hem raakte.'

McCain zei: 'Als je Pappy niet hebt zien schieten, dan heb je hem niet zien schieten. Spring, het enige wat je hoeft te doen, is ons vertellen wat je Julius hebt horen zeggen, en dan vertel je ons wat je wél hebt gezien.'

'Ik vertel helemaal niks. Ik ben doodsbenauwd voor dat beest.'

'We kunnen je beschermen...'

'Gelul! De politie beschermt helemaal niemand, vooral geen zwarte vrouwen.' Spring keek naar Dorothy. 'En het maakt niks uit dat u hierbij staat.'

'Dan zullen we je moeten dagvaarden, Spring,' zei McCain.

'Dan zullen jullie me eerst weer moeten vinden. De volgende keer maak ik het jullie niet zo gemakkelijk.'

'We zouden haar kunnen arresteren,' zei McCain.

'Op welke gronden?' Dorothy pakte haar mobiele telefoon.

'Belangrijke getuige bij een moord met risico op voort-vluchtigheid. En minachting voor gezag.'

'Ze heeft niets wezenlijk belangrijks gezien,' zei Dorothy. 'Als we Pappy eenmaal achter slot en grendel hebben, dan draait ze wel bij. Kun je de auto misschien starten en de verwarming aanzetten? Ik sterf van de kou. Jezus, volgens mij is dit de koudste decembermaand vanaf het jaar nul.'

'Dat zeg je elk jaar.'

'Start de auto nou maar.'

McCain voldeed aan haar verzoek en zette de verwarming op de hoogste stand, terwijl Dorothy haar voicemail afluisterde. Binnen een paar seconden rook de auto naar verbrande wol. 'En, nog iets belangrijks?'

'Commandant O'Toole wil ons spreken.'

'Da's niet best.'

'Waarschijnlijk niet.'

'Hij zei niet waarom?'

'Nee, het was zijn secretaresse om te zeggen dat we om twee uur daar moeten zijn.'

'Dit bevalt me niets.'

'Ssst…' Dorothy luisterde geconcentreerd naar haar berichten, sloot af en klapte de telefoon dicht. 'Dokter Change belde. Op de röntgenfoto is geen aneurysma te zien.'

'Dat meen je niet!'

'Jawel.'

'Dat is dan toch goed?' vroeg McCain.

'Nee, want hij blijft ervan overtuigd dat Julius overleden is aan de gevolgen van een aneurysma.'

'Maar dat kan dan toch niet?'

'Behalve als het is zoals Change zegt. Dat er een bot voor zit op de foto.'

'Of dat Julius is overleden aan de gevolgen van een schotwond die Change over het hoofd heeft gezien.'

'Houd dat maar even voor je als we hem zien, Micky.' Dorothy wierp een blik op haar horloge. Kwart over één.

'We redden het niet om voor twee uur naar zijn kantoor op en neer te rijden. Ik zal Change bellen om te zeggen dat we om halfvier, vier uur bij hem zijn.'

'Prima.'

'Misschien kunnen we dan in de tussentijd even iets eten,' zei Dorothy.

'Hé, lunch,' lachte McCain. 'Kijk, dat noem ik nou nog eens een goed plan.'

13

'Vier uur is prima,' zei Change tegen Dorothy aan de telefoon. 'Als ik wat later ben, dan moeten jullie maar even wachten.'

'Geen probleem, Doc. Mag ik u vast een paar dingen vragen?'

'Als ze over de röntgenfoto gaan, moet ik u zeggen dat ik op dit moment niet in het mortuarium ben.'

'Alleen wat eerste indrukken.'

'Ik weet wat u wilt vragen. Bij een eerste vluchtige blik heb ik geen aneurysma geconstateerd. Maar dat betekent niet dat het er niet zat. Ik blijf erbij dat het de meest waarschijnlijke doodsoorzaak was.'

'Goed, laten we dan eens aannemen dat het aneurysma er zat.' Dorothy verplaatste de telefoon van haar ene naar haar andere oor. 'Mogen we dan aannemen dat het klein geweest is?'

'Mogelijkerwijs.'

'En als het klein was, een kleine uitstulping die zelfs niet zichtbaar was op de röntgenfoto, en als Julius nu eens met een klap op de tafel is gevallen, mogen we dan aannemen dat zoiets een aneurysma zou kunnen laten springen... theoretisch gezien?'

'Waarom wachten we niet even tot we elkaar treffen in het mortuarium, voordat we deze discussie voeren?' vroeg Change.

'Alleen dit nog even. Zou het zo gebeurd kunnen zijn, een val die het openbarsten van een aneurysma veroorzaakt?'

'Alles is mogelijk,' zei Change. 'Maar in de rechtszaal zult u beter bewijs dan dat moeten hebben.' Stilte. 'Denk ik, tenminste.'

'Dank u.' Dorothy hing op en keek naar McCain. 'Ik ben in de stemming voor koosjere pastrami, dat Roemeense spul. Het is maar twee blokken naar Rubin's. Goed?'

'Klinkt prima,' zei McCain. 'Wat zei Change?'

'De kwestie is een geval van: misschien wel maar misschien ook niet. In ieder geval niet sterk genoeg om in de rechtszaal aan te kaarten naar zijn mening.'

'Meningen zijn net als achterwerken,' zei McCain. 'Iedereen heeft er een.'

Commandant O'Toole sloot de deur van de verhoorkamer, een raamloze, muffe ruimte die nauwelijks genoeg plaats bood aan de standaardtafel en -stoelen. De vloer bestond uit een mozaïek van verkeerd bij elkaar uitgezochte groene granieten tegels, terwijl de ooit zonnegeel geschilderde muren nu een verkleurde mosterdtint hadden. De commandant schoof met zijn voet een stoel naar achteren en ging er achterstevoren op zitten, zijn buik tegen de spijlen. Hij zag er verhit uit: op zijn voorhoofd parelden zweetdruppels. Hij trok een zakdoek uit zijn zak en veegde er bruusk mee over zijn gezicht.

Bij hem was Harriet Gallway, die al tien jaar op het kantoor van de officier van justitie. Het was een bijzonder tengere vrouw, zo frêle dat mensen haar alleen maar opmerkten dankzij haar vlammend rode haar. Daar had ze bergen van, over haar schouders golvend, langs haar rug naar beneden. Ze droeg een bosgroen pakje en zwarte platte schoenen. Wanneer ze glimlachte, glansden haar groene ogen. Maar nu glimlachte ze niet.

'Heet hierbinnen,' mopperde ze.

'En echt lekker ruikt het hier ook niet,' voegde O'Toole eraan toe. 'Neem plaats allemaal.'

Dorothy en McCain keken elkaar even aan.

O'Toole knikte naar Harriet. 'Dames gaan voor.'

Harriet schraapte haar keel. 'Ik heb me door mijn baas laten vertellen dat de verdediging van Delveccio het verhaal rond laat gaan dat Julius is gestorven aan een natuurlijke doodsoorzaak.'

'Niet helemaal,' zei McCain.

'Hier word ik niet blij van,' zei O'Toole. 'Wat bedoel je met "niet helemaal"?'

'Dat is nu juist wat we vast proberen te stellen, commandant.'

'Wie hoort er nog meer bij "we"?' vroeg Harriet.

'Dokter Change,' zei Dorothy. 'John Change. Hij vermoedt dat Julius overleden is aan een aneurysma en niet aan een schotwond.'

'Dat vermóédt hij?' zei O'Toole.

McCain mopperde: 'Hij vermoedt het, en brengt ons daarmee in de problemen.'

'Het is zijn voorlopige conclusie,' zei Dorothy.

Harriet zei: 'O, jee.'

'Maar toch,' zei Dorothy, 'Delveccio's schoten zouden het openbarsten van het aneurysma hebben kunnen veroorzaken. Want toen Julius geraakt werd, is hij voorover op de tafel gevallen.'

McCain zei: 'Het is heel goed mogelijk dat het aneurysma is gesprongen door de druk op zijn borst van de klap op de tafel.'

'Dus de schoten hebben geleid tot een reeks gebeurtenissen die de dood van Julius hebben veroorzaakt,' zei Harriet.

'Dan zouden we er nog steeds een zaak van moord met voorbedachten rade van kunnen maken.'

'Is dat wat er is gebeurd?' vroeg O'Toole. 'Een val heeft tot zijn dood geleid? Is dat wat Change zegt?'

Dorothy zei: 'De klap heeft het aneurysma niet veroorzaakt; als er inderdaad een aneurysma ís. Maar hij zou het openbarsten van het aneurysma hebben kunnen veroorzaken.'

'Hoe bedoel je, als er inderdaad een aneurysma is?'

'Tot dusver hebben we niets kunnen vinden op de röntgenfoto.'

'Hoe komt hij dan aan zijn veronderstelling dat Julius is gestorven aan de gevolgen van een aneurysma?'

'Hij heeft een gesprongen ader gevonden tijdens de autopsie, en opgehoopt bloed in de borstholte,' zei Dorothy. 'Ik respecteer dokter Change zeer, maar ik vraag me toch af of hij misschien een schotwond over het hoofd heeft gezien.'

'Dus je zegt dat Change ernaast zit?' vroeg O'Toole.

'Niemand is perfect,' fluisterde McCain hardop.

Toen het zweet de commandant nog harder uitbrak, interrumpeerde Dorothy: 'Over een uur hebben we een afspraak met hem. Dan zullen we alle details bespreken.'

'Zeg die afspraak af,' beet O'Toole haar toe. 'We hebben belangrijker dingen te doen. Zoals de vondst van het pistool waarmee Julius geraakt is, tussen een stapel in beslag genomen wapens. En zoals de gedeeltelijke afdruk van Delveccio's rechterduim op dat verdomde ding.'

Dorothy en McCain grijnsden. Ze zei: 'Is hij opgepakt?'

'Hij is net weer aangehouden. Het slechte nieuws is dat onze getuigen die zeiden dat ze hebben gezien hoe Pappy een pistool trok, zich hebben teruggetrokken. Maar door de vingerafdruk weten we in ieder geval zeker dat de klootzak het pistool op enig moment vastgehouden moet hebben. En we weten dat het hetzelfde pistool is als waarmee Julius geraakt is.'

'Ik neem aan dat een jury één en één wel zal weten op te tellen,' zei Dorothy.

'Maar,' zei Harriet, 'als ik moord met voorbedachten rade aan moet tonen, dan zal ik de jury er toch van moeten overtuigen dat Julius is gestorven aan een schotwond door toedoen van een opzettelijke, directe daad die is gepleegd door de verdachte. En nu vertellen jullie me dat we dat niet zeker weten.'

O'Toole keek de rechercheurs boos aan.

McCain zei: 'Dat is een vraag voor Change. Maar in de tussentijd...'

'Kijk,' zei Harriet. 'Als we kiezen voor poging tot moord in plaats van doodslag, dan weet Pappy's verdediging direct dat we niet kunnen aantonen dat het pistool niet de oorzaak is van Julius' dood. Het zal de verdediging juist alleen maar extra munitie geven om die aanklacht te verdedigen. En met een beetje pech moeten we straks genoegen nemen met de een of andere armzalige veroordeling.'

'Dat is te gek voor woorden!' brieste McCain. 'Hij heeft op Julius gericht, het verdomde pistool in zijn handen gehad, en de kogels hebben hun doel geraakt.'

'Maar niet noodzakelijkerwijs met dodelijke afloop, rechercheur. En als we niemand vinden die Pappy heeft zien vuren, dan hebben we straks niets. En Pappy kan heel charmant overkomen als hij dat wil,' zei Harriet. 'Zet een paar basketbalfans in de jury, vul dat aan met een paar zwijmelende dames, en voor je het weet zitten we in de problemen.'

De kamer viel stil.

McCain sprak als eerste. 'Wat denken jullie hiervan: we hoeven geen overtuigend bewijs van een aneurysma op de röntgenfoto te hebben. Dus op dit moment heb ik er geen idee van wat de oorzaak is geweest van de dood van Julius. Oftewel: ik kan tegen Delveccio zeggen dat het zijn kogel is geweest.' Hij haalde zijn schouders op. 'Jezus, het hooggerechtshof heeft bepaald dat ik het recht heb om te misleiden, nietwaar? Laat me nu naar hem toe gaan om hem te bewerken.'

'Hij heeft al om zijn advocaat gevraagd,' zei Harriet. 'De eerste keer dat hij opgepakt werd.'

'Ik heb hem vandaag niet naar zijn advocaat horen vragen.'

'Dat doet niet terzake,' zei Harriet. 'Vanaf het moment dat hij eenmaal...'

'Tenzij hij uit eigen vrije wil verkiest om met me te praten,' zei McCain. 'Gewoon een paar mannen die een babbeltje maken.'

O'Toole zei: 'En waarom zou hij dat in godsnaam willen?'

McCain glimlachte. 'Weet u, commandant, als ik wil, kan ik heel charmant zijn.'

Door de eenzijdige spiegel observeerde McCain Patrick Luther Delveccio, een gigantische, breedgeschouderde jongen, eigenlijk nog een tiener. Een verwend kind in een te groot lichaam, en dat was precies wat hem zo bedreigend maakte. Hij droeg vrijetijdskleding: een spijkerbroek en een sweatshirt. Sportschoenen die nauwelijks kleiner dan maat 50 konden zijn, van die opvallende blauwe, zaten aan zijn voeten. De trek rond de mond van de knul was kregelig, maar zijn lichaam was een en al beweeglijkheid: vingers die op het tafelblad trommelden, voeten die op de vloer tikten, een hoofd dat meedeinde op een onhoorbare deun. Afgezien daarvan maakte hij een ontspannen indruk, alsof het vooruitzicht van een verblijf in de bajes nauwelijks meer voorstelde dan een weekje zomerkamp.

McCain likte met zijn tong over zijn lippen en stapte de verhoorkamer binnen. 'Hé, Pappy.'

Delveccio keek hem kwaadaardig aan. 'Met jou praat ik niet.'

'Waarom niet? Te lelijk voor je?'

'Precies, veel te lelijk. Maar ik praat ook niet met je omdat ik gewoon niet met juten praat.'

'Vroeg of laat zul je daar toch eens aan moeten beginnen. Ik dacht alleen dat als wij nou eens met zijn tweetjes... je weet wel, een potje één op één... dat dat de zaak een stukje makkelijker zou maken.'

Delveccio lachte. 'Ga iemand anders in zijn reet zitten kijken, man.'

McCain stak een waarschuwende vinger op. 'Daar krijg je spijt van als de naald in je ader glijdt.'

Delveccio keek hem spottend aan. 'We hebben geen doodstraf in Massachusetts. Ze zullen me hooguit veroordelen voor baldadig gedrag of iets dergelijks.'

'Wie heeft je dat wijsgemaakt?'

'Iedereen.'

'Tja,' zei McCain terwijl hij zich op een stoel liet zakken en knipoogde, 'je hebt inderdaad gelijk wat die spuit betreft, maar misschien komt er een dag dat je die toch gaat wensen na vijftig jaar in de bak. Snap je 'm?'

Delveccio lachte. 'Je lult, man.'

'En jij zit in de problemen, man. Want vandaag is een nieuwe dag, en raad eens wat er is gebeurd, Pappy? We hebben het pistool. Met mooie duidelijke ballistische kenmerken die de kogels in het hoofd van Julius aan een schitterende vingerafdruk van jou verbinden. Het is moord met voorbedachten rade geworden, Pappy. We leveren je over aan de officier van justitie, als een heel mooi kant-en-klaar pakketje.'

Delveccio perste zijn lippen op elkaar, maar zei niets. McCain besloot hem even te laten sudderen.

Ten slotte: 'Julius heeft het loodje niet gelegd doordat hij geraakt is. Je kunt me niks maken.'

'Is dat wat ze je hebben wijsgemaakt?' McCain schudde zijn hoofd. 'Ze vertellen je kennelijk van alles en nog wat en het kan zomaar zijn dat daar ineens niets meer van klopt.'

Zijn beurt om te lachen.

Delveccio probeerde zijn stoere houding vol te houden, maar toen overwon zijn jeugdige nieuwsgierigheid het. 'Wat is er zo verdomde grappig?'

'Niets,' zei McCain. 'Het is niet jouw schuld, Pappy. De meeste sporters brengen het er goed van af in de rechtszaal. Al die grietjes die naar je zitten te zwijmelen.' Hij stopte even. 'Maar ja, aan de andere kant laten de meeste sporters geen vingerafdrukken achter op een rokend pistool. En de meeste sporters vermoorden geen collega-sporters. De mensen hielden van Julius. Misschien nog wel meer dan van jou.'

'Dat maakt niet uit, want hij is niet de pijp uit gegaan door een kogel.'

'Volhouden, Pappy, vooral tegen jezelf. En wie weet, kom je een keertje iemand tegen die erin trapt.' McCain stond op. 'Leuk je even gesproken te hebben. Succes met je advocaat.'

Hij liep naar de deur.

'Hé!' schreeuwde Pappy.

McCain draaide zich om maar zei niets.

'Je liegt,' zei Pappy.

McCain maakte weer aanstalten naar de deur.

Pappy zei: 'Wat bedoel je nou, man? Wat weet je van deze kutzooi?'

'Sorry,' zei McCain. 'Ik kan je geen informatie geven zonder de aanwezigheid van je advocaat.'

'Laat die klote-advocaat maar zitten. Wat bedoel je?'

McCain stak een hand in zijn zak. 'Waarom zou ik jou iets moeten vertellen als jij mij niets vertelt?'

'Omdat...' Delveccio kneep zijn lippen op elkaar. 'Je probeert me te pakken. Ik hou niet van dat soort spelletjes. Ja, ik wacht wel op mijn advocaat.'

'Heel verstandig,' zei McCain. 'Ik hoop voor je dat het niet een van die types is die proberen over jouw rug carrière te maken.'

Hij stevende af op de uitgang. Zijn hand lag al op de deurklink toen Delveccio zei: 'Misschien heb ik iets voor je. Want ik heb niks gedaan. Dat zweer ik.'

McCain hield zijn rug naar de jongen gewend.

'Hoor je me?' vroeg Pappy.

McCain draaide zich weer om en zocht oogcontact. Zag dat Pappy's ogen heen en weer schoten. De jongen likte over zijn lippen en toen over het trendy dunne streepje haar dat van zijn onderlip naar zijn kin liep.

'Wat?'

'Ga zitten,' zei de jongen. Hij commandeerde McCain alsof hij niet anders gewend was. 'Ik hou er niet van als je zo boven me hangt.'

McCain ging zitten.

'Ik zal je zeggen hoe we het gaan doen,' zei Delveccio. 'Ik zeg niks over wat er in de club is gebeurd. Zo stom ben ik niet.' Hij leunde over de tafel. Vér over de tafel. In een reflex wilde McCain zich terugtrekken, maar hij hield zich in. Hij wachtte af.

De jongen zei: 'Wat ik je ga vertellen, heeft niks met Julius te maken. Het heeft met iets anders te maken.'

'Ik luister.' McCain deed zijn best zijn stem neutraal te laten klinken. Dat was niet eenvoudig met dat grote dreigende smoelwerk op een paar centimeter afstand van zijn gezicht.

Delveccio zei: 'Laat eerst maar eens horen wat je voor míj hebt.'

'Je zult me eerst moeten zeggen waar we het over hebben, Pappy.'

'Jezus, je probeert me echt gewoon te pakken.'

'Goed. Luister, Pappy. Geef me dan eerst maar eens een hint.'

Delveccio zakte onderuit op zijn stoel en kruiste zijn armen voor zijn borst. 'Het kan zijn dat ik weet waar een bepaalde persoon zit naar wie jullie op zoek zijn.'

'O ja?' McCain hield zijn stem onder controle, maar zijn hersens draaiden op volle toeren.

'Niet dat ik het zeker weet,' zei Delveccio, 'maar ik hoor wel eens wat.'

'Ga door.'

'Ik ga niet naar de bak, oké?'

'Dat kun je vergeten, Pappy.'

'Oké... maar dan het minimum. Zes maanden voor roekeloos gebruik van een vuurwapen, zoiets. Een tijdje in een cel, dat overleef ik nog wel. Heb ik toen ik veertien was ook gedaan.'

'O ja?'

'Ja.' Pappy grijnsde. 'Een klein knokpartijtje met een paar andere jongens. Lang geleden. Jeugddelict, een afgesloten hoofdstuk.'

'Zoals het hoort,' zei McCain.

'Drie maanden,' zei Pappy. 'Dan ben ik op tijd terug voor het nieuwe seizoen.'

'De jongen is dood, Pappy. Ik moet open kaart met je spelen. Maar ik zeg niet dat we niets voor je kunnen regelen als je iets moois voor me hebt.'

'Geloof me maar, het is heel mooi.'

'Luister, Pappy, ik zal doen wat ik kan. Waar hebben we het over?'

Delveccio grijnsde. 'Jullie zoeken iemand, toch?' Hij maakte kusgeluidjes. 'Loverboy. En meer zeg ik niet, totdat je een deal voor me hebt.'

McCain staarde hem aan.

Jullie zoeken iemand.

Loverboy.

De klootzak had het over een voortvluchtige meervoudige moordenaar die gezocht werd in Perciville, Tennessee.

De klootzak had het over Romeo Fritt.

14

Tegen halftien zat zowel Pappy als Loverboy achter tralies. Morgen zou Romeo Fritt op de terugweg zijn naar Tennessee, onderweg naar zijn spuit. En Delveccio zou in de bus naar de gevangenis stappen.

Pappy's advocaten waren, nadat ze hadden gehoord van het gesprek met McCain, in woede uitgebarsten en hadden dreigementen geuit, totdat ze zich realiseerden dat de jongen een goede deal gekregen had. Na drie uur twisten met Harriet was hem onopzettelijke doodslag ten laste gelegd. Aangezien het rapport van zijn jeugddelict veilig weggewerkt was, werd dit geval behandeld als zijn eerste misdrijf. Misschien dat hij over een paar seizoenen weer op het veld zou staan. Dorothy en McCain waren niet dolenthousiast over de uitkomst. Maar Change bleef vasthouden aan zijn conclusie van het aneurysma en daardoor zou het onmogelijk geweest zijn om een veroordeling voor moord met voorbedachten rade te krijgen.

Zelfs poging tot moord zou niet gelukt zijn.

'We zitten in Boston,' zei McCain. 'Je moet hier weten wie je voor je hebt. Ik vind dat we het prima hebben gedaan.'

Dorothy trok haar jas steviger om zich heen. Er striemde een bitterkoude wind vanuit de baai. De hemel was donker en onbewolkt. Geen sneeuw vanavond, maar dat maakte het er alleen maar kouder op. Haar tanden klapperden toen ze zei: 'Ik denk niet dat dit goed zal vallen bij Ellen Van Beest.'

McCain wikkelde zijn sjaal rond zijn hals, mond en neus. 'Pappy verdwijnt hoe dan ook achter de tralies, en we hebben een nog veel ergere moordenaar van de straat geplukt.'

'Ik versta geen woord van wat je zegt.'

Hij trok de sjaal voor zijn mond weg en herhaalde zijn

woorden. 'Alles bij elkaar hebben we het niet slecht gedaan, toch?'

'Ja, jij hebt makkelijk praten, maar... bel jij Ellen?'

McCain bleef even stil terwijl hij de autosleutels uit zijn zak viste. 'Laten we uit eten gaan. Ik sterf van de honger.'

'Ik wil naar huis, naar de jongens.'

'Laten we ze meenemen,' zei McCain. 'Ik trakteer. Ik heb zin in kreeft. Wat dacht je van Legal?'

Dat aanbod kon Dorothy niet weerstaan. 'Weet je, ik heb trek. Ik zal de jongens even bellen, dan spreken we daar met hen af.'

'Goed plan.' McCain opende het portier en rilde terwijl hij de motor startte en de verwarming aanzette. Het duurde een paar minuten voordat de temperatuur in de auto enigszins aangenaam werd. 'Eerst had ik helemaal geen zin om de kerstdagen in Florida door te brengen. Je weet wat ik van Florida vind. Maar na al die kou van de laatste dagen en een paar nachten zonder slaap moet ik zeggen dat het nog niet zo slecht klinkt.'

'Neem me mee.'

'Je bent van harte welkom.'

Dorothy viste haar telefoon uit haar bovenmaatse schoudertas. Ze keek naar het scherm en las het sms-bericht. 'Vergeet die kreeft maar. Change wil ons onmiddellijk spreken.'

McCain kreunde. 'De zaak is afgerond.'

'Blijkbaar niet. Wil je dat ik de oppergrafschenner negeer?'

'Ja,' zei McCain. 'Nee.' Hij griste de telefoon uit haar handen. 'Bel hem maar terug, maar ná het eten.'

Het laboratorium in de kelder was pikdonker, totdat Change de tl-verlichting aanknipte. De armaturen knipperden een voor een, totdat de ruimte overspoeld werd door helderwit licht. Toen Dorothy's ogen eraan gewend waren geraakt, trok ze haar jas uit en hing hem aan de kapstok. Toen veranderde ze van gedachten en trok hem weer aan. Het leek wel een iglo hierbinnen.

'Goedenavond, rechercheurs,' zei Change. 'Eén ding: ga me alstublieft niet vertellen dat Julius is gestorven aan de gevolgen van een schotwond. Pappy is er zojuist met een halve waarschuwing van afgekomen.'

'Nee, hij is niet gestorven ten gevolge van een schotwond.' Change knipte de lichten van een lichtbak aan de muur aan en bladerde toen door een stapel grote manilla-enveloppen. 'Excuses voor de temperatuur, maar dit duurt niet lang.'

'Waarom kon het dan niet wachten tot morgenochtend?' mopperde McCain.

'Ik dacht dat jullie dit wel zouden willen zien,' zei Change. 'Het kan zijn dat jullie je plannen voor morgen willen aanpassen.'

'Dat had morgen ook nog wel gekund,' mompelde McCain.

Dorothy gaf hem een por tussen zijn ribben. 'Wat is er aan de hand, Doc?'

'Daar gaan we.' Change trok een grote röntgenfoto uit een envelop en haakte hem aan de lichtbak.

'Een borstkas,' zei McCain.

'Precies.'

'Hebt u het aneurysma gevonden?' vroeg Dorothy.

'Geen aneurysma. Maar hierdoor ben ik er sterker dan ooit van overtuigd dat Julius juist daaraan overleden is.' Change pakte een aanwijsstokje. 'Hier had het moeten zitten. Zien jullie dit grijs, deze kronkel? Dat is waar de aorta zich splitst in de ondersleutelbeenslagader en de halsslagader.'

'Ik zie alleen maar ribben,' morde McCain.

'Daar komen we zo op,' zei Change. 'Op deze foto valt geen anatomische afwijking te zien. Alles ziet er normaal uit... Nee, laat me dat specificeren. Op het gebied van de aderen ziet alles er normaal uit.' Hij wendde zich tot Mc-

Cain. 'Aangezien u zo geïnteresseerd bent in de ribbenkast, laten we daar dan maar eens naar kijken. Twaalf ribben in totaal.'

'Volgens mij zijn het er veel meer dan twaalf,' zei McCain.

'Dat komt doordat u een dubbel beeld ziet. Tien ribben zitten vast. Ze komen van de ruggengraat, lopen rond, en haken vast in het borstbeen.' Hij wees het verloop van de ribben aan met zijn aanwijsstok. 'Omdat het beeld tweedimensionaal is, zien we dezelfde rib van voren en van achteren.'

'Ik snap 'm,' zei McCain. 'Ga verder.'

'Hier hebben we wat we de zwevende ribben noemen; de uitstekende delen die in het luchtledige lijken te hangen.'

'En dat is niet normaal?' vroeg Dorothy.

'Ja zeker, dat is heel normaal. Let op.' Opnieuw volgde Change de ribben met zijn stokje. 'De twaalfde rib is gemakkelijk, er zit niets in de weg. De elfde rib op deze foto is een beetje korter dan normaal, waarmee ik bedoel dat het uiteinde gedeeltelijk aan het oog wordt onttrokken door de ribbenkast, met name door de buiging van de tiende rib. Maar kijk nu eens heel goed naar wat ik aanwijs en vertel me dan wat jullie zien.'

De rechercheurs staarden naar de röntgenfoto. McCain zei: 'Het ziet eruit als een barst.'

'Ja, inderdaad,' zei Dorothy, 'ik zie het ook.'

'Het líjkt niet alleen op een extra rib,' zei Change. 'Het ís een extra rib. Dit is wat we een dertiende rib noemen, een gespleten rib in dit geval, en dat is misschien wat ongebruikelijk, maar niet zeldzaam; één op de twintig.'

Hij keek de rechercheurs aan. 'Ik heb autopsie verricht op deze jongen. Ik heb hem vanbinnen en vanbuiten bestudeerd. De extra rib heeft niets te maken met Julius' dood. Maar hij heeft ook helemaal niets te maken met Julius zelf. Deze röntgenfoto is niet van het lichaam waarop ik autopsie heb verricht. Dat lichaam had géén, ik herhaal, géén extra rib. Dat zou duidelijk te zien zijn geweest, dat had ik zonder twijfel geconstateerd.'

De ogen van Change vonkten. Dat zagen de rechercheurs voor het eerst.

Dorothy zei: 'Deze röntgenfoto is niet van Julius.'

Change zei: 'Jullie zijn de rechercheurs. Ik kan me voorstellen dat jullie willen uitzoeken wat hier aan de hand is.' Stilte. De patholoog-anatoom tikte met zijn aanwijsstokje tegen de foto. 'Als ik jullie was, zou ik teruggaan om al zijn medische gegevens te bestuderen, niet alleen die van het afgelopen jaar. Met die ene die we hadden leek niets mis te zijn, maar nu willen we ze allemaal zien. In welk studiejaar zat Julius, in het laatste?'

Dorothy knikte.

'Dus Boston Ferris moet de rest ook hebben. Ga terug en zoek uit of jullie andere röntgenfoto's kunnen vinden. Foto's waarvan er ten minste één aan Julius toebehoort.'

Hij pakte de foto en stak hem terug in de manilla-envelop. 'Ik zal deze in mijn dossier bewaren.'

'Mijn god, Dorothy! Weet je wat dat betekent?' riep McCain uit. 'Het betekent dat we terug naar Boston Ferris en Violet Smaltz moeten.'

Dorothy zei: 'Die vrouw is onmogelijk. Ze zal ons alleen maar dwarsbomen. Niet omdat ze iets te verbergen heeft, maar gewoon omdat ze ervan geniet mensen te laten verzuipen in haar papierwinkel.'

'Ik ken het type,' zei Change. 'Weet je wat? Ik ga met jullie mee. Misschien dat dat de gang van zaken wat versnelt.'

'Het zou ook een heel stuk sneller gaan als we directeur McCallum weer inschakelen,' zei Dorothy.

'Hij heeft niet zoveel keus,' zei McCain. 'Er is iets ernstig mis op die verdomde rotschool.'

15

Om acht uur 's morgens lag de campus gehuld in een grauwe, donkere sluier. Ergens achter de blikkerige mist probeerde de zon door te breken en gaf ze een beetje licht, maar geen warmte. De paadjes die de campus doorkruisten waren nog steeds glad. McCains laarzen kraakten op het ijs. Zijn neus was pijnlijk van de kou. Hij en Dorothy en Change moesten hun uiterste best doen om directeur McCallum bij te houden.

'Ik ben ervan overtuigd dat het een vergissing is.' McCallum trok zijn overjas vaster om zich heen. 'Een simpel abuis.' Het ontbrak zijn stem aan overtuigingskracht. 'Het gebeurt wel vaker. Foutjes in ziekenhuizen, en zo.'

'Dit was een fatale vergissing.' McCain klappertandde. 'Geen enkele zichzelf respecterende arts zou Julius Van Beest toestemming hebben gegeven om te spelen met een groot aneurysma.'

McCallum fronste zijn voorhoofd en zwaaide de dubbele glazen deuren van het gezondheidscentrum open, zijn drie bezoekers ruimte biedend om binnen te stappen. De wachtkamer zat al vol met roodneuzige, lusteloze studenten. Hoestend, niezend, onderuitgezakt, rillend. Het verplegend personeel begroette McCallum met verwondering en eerbied toen hij voorbij stoof en het administratiekantoor binnenstormde waar Violet Smaltz haar papierwerk zat te aanbidden.

Ze keek op van haar bureau. Haar ogen schoten heen en weer tussen de gezichten van haar bezoekers. Toen stond ze op en probeerde een grijns te onderdrukken. 'Directeur McCallum.'

'Haal alle medische gegevens van Julius Van Beest voor me.'

De mond van de vrouw viel open. 'Meneer, dat is niet de

gebruikelijke procedure. Ik heb toestemming nodig van...'

'De jongen is dood!' brulde McCallum. 'De gegevens. Nú!'

Violet beet op haar lip. 'Dat gaat tijd kosten.'

'Sta die tijd dan niet te verprutsen!' McCallum beet op de nagel van zijn duim. Ademde in, ademde uit. Op iets vriendelijker toon vervolgde hij: 'Het is van uitermate groot belang, Violet. De reputatie van de universiteit hangt ervan af.' Smaltz knikte plechtig en verdween achter de stapels medische administratie.

McCallum wreef in zijn handen. 'En u bent er zeker van, dokter Change, dat de röntgenfoto die u hebt gezien onmogelijk die van Julius Van Beest kan zijn?'

'Honderd procent zeker.'

'Tja, dan moeten we nu maar gewoon even wachten tot...' McCallums stem stierf langzaam weg.

Iedereen zweeg tot Violet terugkwam met de gevraagde dossiers. 'Dit zijn ze allemaal.' Ze overhandigde ze aan McCallum, die ze doorgaf aan Change.

De patholoog-anatoom trok de röntgenfoto's eruit. 'Hebt u hier een lichtbak?'

'Natuurlijk,' zei Violet. 'We zitten hier niet in de rimboe, hoor.' Ze leidde ze naar een lege onderzoekkamer en knipte het lampje van de lichtbak aan. Change bevestigde de röntgenfoto's en staarde naar de beelden.

McCain sprak als eerste. 'Er zit nog steeds een barst in de rib.'

'Inderdaad,' zei Change. 'Geen van deze foto's is van Julius.'

'Hoe weet u dat zo zeker?' vroeg McCallum. 'Is het niet mogelijk dat hij die extra rib operatief heeft laten verwijderen?'

Change overdacht de vraag. 'Wanneer wordt hij begraven?'

'De begrafenis was gisteren,' zei Dorothy.

'Dan zal ik een opdracht tot exhumatie uitschrijven.'

'Doc,' zei Dorothy, 'voordat we beginnen de doden uit hun rustplaats te halen, moeten we hier misschien eerst even goed over nadenken. Ten eerste: u bent ervan overtuigd dat hij gestorven is aan een aneurysma.'

'Ik durf mijn reputatie ervoor op het spel te zetten dat deze jongen een reeds bestaande afwijking aan zijn aderen had. En ik zie geen enkele noodzaak waarom hij ooit een operatie zou hebben ondergaan om een extra rib te laten verwijderen. In feite ben ik ervan overtuigd dat hij dit niet heeft gedaan: er waren geen oude littekens die daarop wezen. Deze röntgenfoto's zijn niet van Julius Van Beest.'

Violet zei: 'Ik heb geen idee of ze wel of niet van Julius zijn. Maar ik kan u één ding vertellen: geen enkele van deze foto's is op deze campus gemaakt.'

Vier paar ogen haakten zich in die van haar. Ze wees naar de letters aan de onderkant van de beelden. 'Hier staat: PROFESSIONAL URBAN IMAGING. Ik heb zelfs nog nooit van dat lab gehoord. Waarschijnlijk een of andere dubieuze onderneming, als u het mij vraagt.'

McCain wendde zich tot de directeur. 'Laten de meeste sporters hun röntgenfoto's op de campus maken?'

'Waarom vraagt u dat aan hem?' bromde Violet. 'Ik weet het antwoord op die vraag.'

McCain wachtte.

'Het antwoord is ja. Normaal gesproken worden de lichamelijke onderzoeken twee weken voor het begin van het schooljaar gedaan. Ik kom dan speciaal hierheen om persoonlijk toe te zien op de verwerking van de gegevens. Ik heb het één keer overgelaten aan een ondergeschikte, en allemachtig wat was het toen een puinhoop.'

'Ja, dat zal u zeker een paar uur gekost hebben om dat weer op orde te krijgen,' zei McCain hatelijk.

Violet zond hem een kwade blik toe, maar hield zich in. 'Niet alleen is deze röntgenfoto buiten de campus genomen, maar ook nog eens te laat. Kijk maar naar de datum: een maand na aanvang van het semester. Dat is niet hoe het hoort.'

Dorothy wendde zich tot Change. 'U zegt dat geen enkele zichzelf respecterende arts Julius toestemming zou geven om te spelen met een aneurysma.'

'Dat is juist.'

'En als de arts van het team het nu eens verborgen heeft gehouden voor Julius?'

'Dan zou diegene een psychopaat zijn,' zei Change.

'Dat is absurd!' protesteerde McCallum. 'We hebben een eersteklas staf, en ik sta niet toe dat u dat soort beschuldigingen...'

'Beschuldigingen of niet,' zei Dorothy, 'we zouden nalatig zijn als we geen gesprek zouden voeren met de teamarts.'

'Ik ben ervan overtuigd,' zei McCain, 'dat hij zich hier net zoveel zorgen over zal maken als wij. Zeker gezien het feit dat hij, zoals u zegt, een eersteklas arts is.'

McCallum grimaste. Staarde naar het plafond. Hief zijn handen in de lucht. 'Ik weet niet eens of hij vandaag aanwezig is.'

'Ja hoor, de coach is er,' zei Dorothy. 'Het team had om acht uur een bespreking over wat er met Julius is gebeurd. Verplichte aanwezigheid. Ik weet zeker dat dat ook voor de arts geldt.'

'Dus? Waar wachten we dan nog op?' vroeg Violet.

'Wé?' vroeg McCain.

'De jongen heeft zijn röntgenfoto's buiten het terrein van de universiteit laten nemen, en waarschijnlijk is hij als gevolg daarvan overleden. Daar had hij nooit toestemming voor mogen krijgen. Door dit gedoe worden míjn hele administratie en míjn systeem in twijfel getrokken. En dat pik ik niet!' Violet griste haar jas van de kapstok. 'Kom op, mensen. Tijd voor actie.'

De jongens waren bezig met een paar niet noemenswaardige dribbeloefeningen; waarschijnlijk om de schijn van normaliteit op te houden. Maar Dorothy zag aan de afhangende schouders van haar zoon dat hij er met zijn gedachten niet bij was, en datzelfde gold waarschijnlijk voor de anderen. Ze werden aangespoord door coach Albert Ryan, een voormalig speler van de Celtics die al twintig jaar collegeteams coachte. Ryan, bijna twee meter lang, broodmager en kaal, normaal gesproken een laconieke man, leek verlamd door de tragedie. Zijn gezichtsuitdrukking was er een als die van een kapitein die op het punt staat met zijn schip te vergaan. Toen de groep hem vertelde voor wie ze waren gekomen, schudde hij zijn hoofd en wees naar een grote gezette man van achter in de vijftig met een blauw colbertje, grijze broek en een blauw poloshirt die aan de zijlijn stond.

Martin Green was orthopedisch chirurg, gespecialiseerd in sportgeneeskunde. Buiten zijn privé-praktijk, waar hij fulltime werkte, was hij al vijftien jaar verbonden aan Boston Ferris. Hij sprak met gezag, maar Dorothy verstond hem nauwelijks boven het geluid van echoënde voetstappen en stuiterende ballen.

'Heren, kunnen we misschien ergens praten waar het iets stiller is?'

McCain zei: 'Coach, misschien is het genoeg geweest voor vandaag?'

Ryan knikte, blies op zijn fluitje en zei tegen de jongens dat ze konden gaan. Langzaam druppelden ze de gymzaal uit. Marcus gaf zijn moeder een bijna onmerkbaar knikje, maar hij bleef bij zijn ploeggenoten.

McCallum tikte met zijn voet. Nu de zaal leeg was galmde dat geluid alsof ze in een kathedraal stonden.

Dokter Green zei: 'Julius stond erop dat zijn röntgenfoto's buiten de campus gemaakt werden. Hij was doodsbenauwd voor de procedure en wilde dat zijn eigen arts het deed.'

'Bang voor een röntgenfoto?' zei McCain.

'Klaarblijkelijk is zijn grootvader overleden aan kanker door een te hoge dosis straling. Hij vertrouwde de apparatuur van de universiteit niet. Kletspraat over te veel lekkage, of zoiets.'

'Totale nonsens!' beaamde Violet.

'Aan wat voor soort straling was zijn grootvader blootgesteld?' vroeg McCallum.

'Hij schijnt als assistent te hebben gewerkt in een universiteitslaboratorium.' Green haalde zijn schouders op. 'Ik heb nooit het hele verhaal te horen gekregen, en dat beetje dat Julius me ervan vertelde vond ik vreemd. Maar in essentie kwam het erop neer dat Julius ongerust was en dat hij zelf voorbereidingen getroffen had om de foto's bij zijn eigen arts te laten maken. Ik zag geen reden om met hem in discussie te gaan.'

'Dat is tegen de regels!' bemoeide Violet zich ermee.

'Nee, dat klopt,' zei Green. 'Maar ik zag er geen probleem in. Hij heeft het altijd zo gedaan, al vanaf de middelbare school. Ik heb zijn oude coach zelfs nog opgebeld, en dat deel van het verhaal klopte in ieder geval. Julius was, zoals de meeste topsporters, nogal eigenzinnig. Hij had zo zijn eigen bijgeloof, rituelen en gebruiken, en ik nam aan dat dit gewoon een van die dingetjes was. Bovendien, zolang er niets te zien was op de foto's van zijn borstkas, maakte het toch niet uit waar ze gemaakt werden?'

Change zei: 'Dus u hebt de foto's bekeken?'

'Uiteraard. Hij heeft ze persoonlijk aan me overhandigd en we hebben ze samen bekeken.' De ogen van Green werden duister. 'Hoezo? Wat is hier aan de hand?'

'Weet u waaraan Julius is gestorven?' vroeg Change.

'Hij is doodgeschoten.'

'Hij is geraakt, maar hij is overleden aan een gesprongen ader, waarschijnlijk de ondersleutelbeenslagader. Ik ben ervan overtuigd dat de jongen een reeds bestaand aneurysma had.'

'Ho, ho eens even,' reageerde Green. 'Ik heb nooit iets van een aneurysma gezien.'

'Dat is omdat u geen röntgenfoto van Julius hebt gezien,' zei Dorothy.

Green keek haar perplex aan. 'Waar hebt u het over?'

Dorothy keek Change aan, die de situatie vervolgens uitlegde.

Coach Ryan viel hem in de rede: 'Wat probeert u me te vertellen? Dat die dreun die die eikel van een Duran tegen Julius' borst heeft gegeven de doodsoorzaak is geweest?' Hij trok wit weg en het zweet gutste over zijn gezicht.

'Albert, ga zitten,' beval dokter Green hem.

'Nee, het gaat wel! Ik wil weten wat hier aan de hand is. U zegt dus dat basketbal tot zijn dood heeft geleid?'

Change zei: 'Niet precies.'

'Wat zegt u dan verdomme wél?'

'Albert,' zei McCallum.

Ryan liet zich neervallen. 'Sorry. Dit begint me op mijn zenuwen te werken.'

McCallum gaf hem een schouderklopje. 'We zijn hier allemaal van in de war.' Hij wendde zich tot Change. 'Zou u ons een bondige uitleg kunnen geven, alstublieft?'

Change zei: 'Ik zou moeten gissen naar de precieze oorzaak van de gesprongen ader. Maar het staat buiten kijf dat Julius nooit enige vorm van contactsport had mogen beoefenen.'

'Ik zou hem nooit hebben laten spelen,' zei Green, 'als ik dat klote-aneurysma had gezien op die kloteröntgenfoto.'

'Zo zien jullie maar wat er kan gebeuren als je je niet aan de regels houdt!' mengde Violet zich erin.

Iedereen wierp haar boze blikken toe. Maar in dit geval had ze toevallig gelijk. Dat moest zelfs McCain toegeven.

Hij zei: 'Als de jongen dit al sinds zijn middelbareschooltijd gedaan heeft, röntgenfoto's omwisselen voor andere, dan betekent dat dat hij wist hoe de zaken ervoor stonden. Dus ergens tussen al die foto's moet er een zijn waarop het aneurysma te zien is.'

'We kunnen alleen maar afgaan op dat wat wij gekregen hebben, mensen,' stelde McCallum vast. De opluchting in zijn stem was duidelijk hoorbaar. 'En de röntgenfoto's die wij hebben, spreken voor zich. Voorzover wij wisten, was de jongen kerngezond.'

'Ze spreken voor zich en ze zijn niet van Julius.'

Green zei: 'Lieve god, dit is afschuwelijk!'

'Rechercheur McCain heeft gelijk,' zei Dorothy. 'Er moet nog ergens een röntgenfoto te vinden zijn. De vraag is alleen: hoever in de tijd moeten we daarvoor terug?'

McCain zei: 'Ik durf te wedden dat zijn kinderarts nog wel een röntgenfoto uit die tijd heeft.'

'Hetgeen betekent dat hij de moeder van Julius daarover zou hebben ingelicht.'

Dorothy zei: 'Geen enkele liefhebbende moeder zou haar zoon blootstellen aan iets wat zijn leven in gevaar brengt. Ik weet zeker dat Ellen hier niets van wist.'

'Is het gebruikelijk dat er bij kinderen röntgenfoto's van hun borstkas gemaakt worden?' vroeg McCain.

Green antwoordde: 'Het behoort niet tot het standaardonderzoek voor kinderen. Het is beter kinderen niet aan straling bloot te stellen als daar geen specifieke reden voor is. Maar in het geval van een ernstige kroep die maar niet over wil gaan, een zware bronchitis, of bij het vermoeden van een longontsteking, ja, dan zou er een röntgenfoto genomen kunnen zijn.'

'Het wordt tijd om een bezoekje te brengen aan de kinderarts van Julius.'

'We hebben Ellens toestemming nodig,' zei Dorothy. 'En ik wil op dit moment liever niet met dit soort nieuws bij haar aankomen. Het is te tragisch allemaal.' Ze keek de teamarts aan. 'Dokter Green, u zei dat u de coach van Julius' middelbare school gesproken heeft en dat zij röntgenfoto's hadden?'

Green knikte.

'Laten we daar dan mee beginnen, en die foto's vergelijken met de onze. Dan komen we er in ieder geval achter of hij dezelfde stand-in gebruikt heeft.'

McCain vroeg: 'Op welke middelbare school zat hij?'

Coach Ryan zei: 'St. Paul's.'

'St. Paul's in Newton?' vroeg Dorothy.

'Ja,' zei directeur McCallum. 'Zoals de meesten van onze studenten kwam hij hier uit de buurt.'

McCain zei: 'Vooruit, naar Newton. Ik ben gek op frisse plattelandslucht in de winter.'

16

St. Paul's besloeg drie hectare glooiend heuvellandschap van het prijzige Newton. Het instituut was een doorsnee New Englandse middelbare episcopale school, maar op een bord aan de kapel uit het koloniale tijdperk stond: BEZOEKEN VAN DE DIENST GESCHIEDT OP VRIJWILLIGE BASIS. IEDER MENS IS EEN KIND GODS.

Jim Winfield, ook een oud-reservespeler van de NBA, was de bijna twee meter tien lange coach. Hij had een kaalgeschoren hoofd, een sikje, en het gebeeldhouwde uiterlijk van een Maorikrijger.

Black is inderdaad *beautiful*, dacht Dorothy. Hoe zou het zijn om je leven te delen met een man met zo'n uitstraling?

Net als Ryan leek Winfield verdoofd door de dood van Julius. Hij zei tegen de rechercheurs dat hij zich inderdaad het telefoontje herinnerde van Boston Ferris met de vraag over de röntgenfoto's van Julius Van Beest.

'Ik weet niet meer of het dokter Green was of Al Ryan. Ik ken ze allebei vrij goed omdat we in de afgelopen jaren nogal eens jongens naar elkaar hebben doorverwezen.' Ze zaten in zijn kantoor, een grote ruimte die rondom gedecoreerd was met eikenhouten wandpanelen en vitrinekasten vol bekers. De school had eerste prijzen gewonnen met football, basketbal, honkbal, voetbal, hockey, tennis, zwemmen, waterpolo, schermen en lacrosse. Sport was een serieuze bezigheid op St. Paul's.

'En waarover hebt u gesproken met wie het dan ook was?' vroeg Dorothy.

'Ik kan me het gesprek niet letterlijk herinneren, mevrouw,' zei Winfield. 'Het is meer dan drie jaar geleden. Ze wilden weten of Julius altijd zijn eigen röntgenfoto's meenam, en toen heb ik tegen hen gezegd dat alle kinderen hier dat doen. We hebben hier geen faciliteiten voor het maken van röntgenfoto's.'

Er werd op de deur geklopt. Een beer van een tienerjongen, gekleed in een grijze flanellen broek, wit overhemd, blauwe blazer met clubdas, kwam het kantoor binnen met een paar manilla-enveloppen.

Mooie outfit, dacht McCain. Mooier dan hijzelf ooit had gehad, met inbegrip van de kleding die hij had gedragen naar de begrafenis van zijn eigen vader.

'Aha, hier hebben we ze,' zei Winfield. 'Bedankt, Tom. Hoe gaat het met je enkel?'

'Elke dag een beetje beter, coach.'

'Dat is fijn om te horen.'

Tom glimlachte en vertrok.

Winfield schudde zijn hoofd. 'Net voor een grote wedstrijd had die knul zijn enkel verzwikt, en toen heeft hij toch doorgespeeld. Dat wat eerst een onschuldige verstuiking was, is daardoor een gescheurde enkelband geworden.'

'Wat vreselijk,' zei Dorothy. 'Waar waren zijn ouders?'

'Ik geloof niet dat ze het wisten. Deze kinderen jagen zichzelf helemaal over de kling. Ze azen allemaal op dezelfde studiebeurzen en de strijd is groot. Het is verschrikkelijk, maar zo zit het leven nu eenmaal in elkaar.' Hij overhandigde de enveloppen aan Change. 'Alstublieft, dokter.'

De patholoog-anatoom zei: 'Het verrast me dat de school de medische gegevens van Julius al die tijd bewaard heeft.'

'We bewaren alle originelen tien jaar, daarna slaan we de informatie op op microfilm.' Winfield glimlachte. 'St. Paul's hecht sterk aan het verleden. We hebben nogal wat beroemde, of in ieder geval bekende, oud-leerlingen.'

Change trok het radiografische beeld uit Julius' eindexamenjaar tevoorschijn en hield het voor het raam. Het licht was niet ideaal, maar helder genoeg om dezelfde gespleten rib te laten oplichten.

De rechercheurs zuchtten gefrustreerd.

'Zijn ze allemaal hetzelfde?' vroeg Dorothy.

'We zullen zien,' zei Change. Hij pakte een volgende foto.

'Wat zoeken jullie?' vroeg Winfield.

Change wees de extra rib aan. 'Dit is wat we zoeken.'

Winfield bekeek de foto met toegeknepen ogen. 'Aha... ik zie wat jullie bedoelen. Die rib is gespleten. Betekent dat iets?'

'Het betekent dat dit geen röntgenfoto van Julius Van Beest is,' antwoordde Change.

'Wat?' vroeg Winfield. 'Ik begrijp u niet. Wat is hier aan de hand?'

'Wisten we het maar.' McCain wendde zich tot Dorothy. 'Vertel jij het maar.'

Winfield luisterde met grote ogen toen Dorothy de gebeurtenissen van de afgelopen dagen voor hem op een rijtje zette. Toen ze klaar was met haar verhaal, sloeg Winfield een hand tegen zijn wang. 'Lieve god, hier had ik geen idee van.'

'Kennelijk had niemand dat,' zei Dorothy. 'Waarom zou iemand ervan uitgegaan zijn dat hij iets te verbergen had?'

De derde foto was identiek aan de eerste twee. McCain blies langzaam zijn adem uit. 'Het ziet ernaaruit dat we nog dieper in zijn medische geschiedenis zullen moeten duiken.' Hij keek Winfield aan. 'Enig idee van wie deze foto's zijn?'

'Geen flauw idee.'

Dorothy zei: 'Met wie was Julius bevriend tijdens zijn middelbareschooltijd?'

'Hij was een topscorer,' zei Winfield tegen het groepje. 'Hij had zijn eigen fanclub.' Hij dacht even na. 'Om eerlijk te zijn was ik erg blij toen hij voor de universiteit koos in plaats van de NBA. Hij werd in die tijd van alle kanten benaderd. Iedereen wist dat hij het in zich had om de top te bereiken. Ik heb me altijd afgevraagd waarom hij die stap niet genomen heeft. Nu snap ik dat hij geweten moet hebben dat hij zijn leven in gevaar zou hebben gebracht als hij profsporter was geworden. En hij moet hebben beseft dat hij dit kunstje in de NBA niet zou hebben kunnen flikken. Maar dan nog... sport op universiteitsniveau... Waar zat die jongen met zijn hoofd?'

'De jongen is ernstig misleid,' zei McCain. Hij viel even stil, staarde naar de drie röntgenfoto's. 'Coach, is dit een drie of een vierjarige middelbare school?'

'Vierjarig.'

Dorothy begreep waar hij naartoe wilde. 'Waar is de vierde foto?'

'Julius is halverwege het eerste jaar op St. Paul's gekomen.'

'Waar kwam hij vandaan?' vroeg McCain.

'Als ik het me goed herinner, dan heeft hij twee maanden thuis les gehad,' antwoordde Winfield. 'En daarvoor zat hij op Lancaster Prep in Brookline.'

'Waarom is hij van school veranderd?'

'Wij boden hem een volledige studiebeurs, dus in eerste instantie nam ik aan dat dat de reden was. Maar later vernam ik dat hij dat op Lancaster ook had, dus het antwoord is dat ik het gewoon niet weet. Ik heb me altijd afgevraagd wat erachter zat, maar... Nou ja, hij deed het hier heel erg goed, en iedereen was dolgelukkig dat hij hierheen was gekomen. Tot die tijd deden we het goed in alle takken van sport, behalve met basketbal. Toen Julius hier eenmaal was, veranderde dat in ons voordeel.'

Winfield liet zich achteroverzakken in zijn stoel en zuchtte. 'Misschien wisten ze het op Lancaster, maar ik wist van niets.' Hij schudde zijn hoofd. 'Dit komt hard aan.'

Lancaster Prep was een fokstal voor de Ivy League. Hun benadering was ouderwets, en de donaties kwamen van mensen met oud geld. Ook dit was een episcopale school, alleen was de geloofsbelijdenis hier wél verplicht. Families stuurden hun kinderen traditiegetrouw naar Lancaster Prep, soms al tot in de zevende generatie. Alleen de atleten van Lancaster werden actief geworven. Het winnen van de jaarlijkse football-wedstrijd tegen Xavier, stond boven aan de agenda.

Een andere trainer en alweer een derderangs oud-basketbalprof, Richard Farnsworth, een twee meter vijftien lange, dik geworden verdediger, had zes seizoenen met acht verschillende teams gespeeld. Naar eigen zeggen was hij een workaholic, en het was ongebruikelijk hem niet óf in zijn kantoor, óf op het veld aan te treffen.

Farnsworths kantoor was klein en functioneel en ook dat van hem stond vol gewonnen prijzen. Hij nam plaats achter zijn bureau, streek met zijn hand door de massa grijze krullen en zei: 'U verdoet uw tijd met zoeken naar medische gegevens. De school heeft ze niet meer. Toen Julius van school ging, heeft hij al het papierwerk meegenomen.'

'Er was dus een probleem,' constateerde Change.

Farnsworth fronste. 'Ze dreigden met een rechtszaak en zeiden dat ze ervoor zouden zorgen dat ik mijn baan kwijtraakte als ik er met iemand over sprak. Medisch geheim, en zo.'

'De jongen is dood en dit is een moordonderzoek,' zei Dorothy.

'Hoe bedoelt u?' vroeg Farnsworth. 'Julius is doodgeschoten.'

Change gaf uitleg. Farnsworth keek alsof hij over moest geven. 'Jezus, man... Nee, nee, dat menen jullie niet!' Hij sloeg met zijn vuist op tafel. 'Christus, dit is gewoon te ziek voor woorden!'

McCain vroeg: 'Wat kunt u ons hierover vertellen, meneer?'

Farnsworth trok een stel tissues uit een doos en veegde ermee over zijn gezicht. 'Godverdomme! Zodra ik de uitslag kreeg, heb ik de ouders gebeld en hun verteld dat de school hem onder geen enkele voorwaarde zou laten basketballen.'

'Hebt u met Ellen Van Beest gesproken?' vroeg Dorothy.

'Nee, nee,' antwoordde Farnsworth. 'Met zijn oude heer, Leon.'

'Leo,' corrigeerde Dorothy.

'Ja, precies. Leo wist dat zijn zoon niet mocht spelen. Jaren voor mijn tijd speelde hij zelf.' Farnsworths ogen vertroebelden, in gedachten in het verleden.

Dorothy zei: 'Dus u hebt Leo gesproken.'

'Ik zei tegen hem dat we moesten praten. Hij zei dat Julius' moeder aan het werk was, dus dat hij zelf langs zou komen. Hij zei dat hij het meteen op zou lossen. Ik had geen enkele reden om zijn woorden in twijfel te trekken. We hadden het tenslotte over zijn zoon, nietwaar?'

Farnsworth mopperde iets onverstaanbaars.

'Vlak daarna heeft hij de jongen van school gehaald. Hij zei dat Julius thuis les zou krijgen in de tijd dat zijn medische problemen opgelost werden. Iets over een operatie. Dat leek me logisch. Julius was geen domme jongen, maar zijn toelating was niet op basis van zijn cijfers geweest. Dus misschien was het inderdaad het beste om thuis les te krijgen gedurende de periode dat hij uit de roulatie was.'

'En Leo nam de röntgenfoto's mee,' zei Dorothy.

Farnsworth knikte. 'Zodat hij advies kon inwinnen. Klinkt plausibel, toch?'

De trainer vloekte zachtjes. 'Een maand of drie, vier later zag ik Julius voor St. Paul's uitkomen bij de schoolwedstrijden. Mijn eerste gedachte toen was dat hij een geweldige chirurg gehad moest hebben. Ik piekerde over het feit dat hij niet teruggekomen was naar Lancaster. En toen ik er verder over nadacht, vond ik het vreemd dat Julius al zo snel weer enige vorm van contactsport deed na een grote operatie. Niet dat het mijn zaken waren, maar toen heb ik hem opgebeld.'

'Wie?'

'Julius,' antwoordde Farnsworth. 'Ik denk dat ik stiekem hoopte dat ik hem misschien weer naar Lancaster kon halen als ik mijn best deed. De jongen was hard als steen. Hij zei dat zijn medische probleem opgelost was. Hartelijk dank. Tot ziens.'

Hij liet zijn tong over zijn lippen glijden. 'Er was iets mis. Ik belde zijn oude heer en die schold me de huid vol, zei dat hij me het leven zuur zou maken als ik me met de zaken van zijn zoon bemoeide. Hij zei dat als ik hier iemand iets over zou vertellen, ik inbreuk maakte op vertrouwelijkheid, en dat hij dan zou zorgen dat ik mijn kinderen en mijn huis kwijtraakte.' Hij stak zijn handen in de lucht. 'Het was nou niet alsof de jongen zelf nergens van wist.'

Dorothy vroeg: 'U hebt nooit overwogen de moeder op te bellen?'

'Ik dacht dat de knul bij zijn oude heer woonde. Ik dacht dat als ik de moeder zou bellen en de vader voogdij had, hij zijn belofte van een rechtszaak na zou komen.' Tranen welden op in zijn ogen. 'Ik dacht er verder niet te veel over na omdat Leo Julius' vader was.'

Hij sloeg opnieuw met zijn vuist op tafel. 'Ik wéét gewoon niet wat ik dacht.'

'U ging ervan uit dat Leo het beste voor had met zijn zoon,'
zei Dorothy.

Farnsworth knikte, dankbaar voor de uitweg die ze hem
bood.

'U ging ervan uit dat geen enkele vader het leven van zijn
zoon bewust op het spel zou zetten.'

'Precies. Zo is het.'

'U ging ervan uit dat als Julius speelde, hij daar dan sterk
genoeg voor moest zijn.'

'Ja, ja, inderdaad!'

'U ging van alle juiste dingen uit,' zei Dorothy. 'Helaas
zat u er met uw conclusies naast.'

17

Halfdrie 's middags, en nu al zwom Leo Van Beest rond in
alcoholische herinneringen.

Terug in de tijd dat hij nog een Ferrari was. Lange tijd
was de rit snel, wild, en gevaarlijk spannend geweest.

Nu torenden er twee rechercheurs boven hem uit, was de
droom voorbij en zwolg Leo in zelfmedelijden.

Zijn met shingles beklede huis was een verwaarloosde een-
slaapkamerwoning waaraan geen enkele liefde werd besteed,
met grauw ijs in de voortuin. Een roestige groene Mercedes
stond op de verlaagde oprit.

Binnen lag versleten vloerbedekking op de grond en er
hingen beddenlakens voor de ramen. In de gootsteen stond
aangekoekte vaat en overal slingerden gekreukte kleren en
verfrommelde papieren. Een rottende geur verstikte de lucht
in de kamer aan de voorkant van het huis. De muren waren
vergeeld en behangen met zwartwitfoto's uit Leo's Europese gloriedagen. De oude man, gekleed in een gescheurde trai-

ningsbroek, zat starend naar de inhoud uit een koffiemok te drinken. Alcoholische dampen stegen boven de rand uit en benevelden zijn gezicht.

'Ik zou het nooit gedaan hebben als Julius 't niet zo had gewild.'

Dorothy zei: 'Ouders hebben de plicht hun kinderen bepaalde verkeerde beslissingen te ontraden, meneer Van Beest.'

Leo keek op van zijn drankje. Rode ogen probeerden zich te focussen op Dorothy's gezicht. Hij zat, maar Dorothy stond. Ze was absoluut niet van plan die bank met een vinger aan te raken. Wie zou zeggen wat hij daarop had gedaan?

'Dus u vindt dat het een slechte beslissing was?' De oude man nipte van zijn drank. 'Dus ik had mijn zoon moeten afraden om bekend... beroemd te worden? Zodat hij de rest van zijn leven vuil werk had kunnen doen?'

'Hij had kansen te over,' zei McCain.

Leo glimlachte en lachte toen hardop. 'O, ja, vast. Kansen te over. Zoals de universiteit. Alsof Julius zo'n studiebol was.' Hij lachte weer, vreugdeloos. 'Die jongen was geboren om te bewegen... Geboren om te rennen en te springen en een ster te zijn. Hij was een renpaard, geen trekpaard. Julius was een held! Hij was groot en sterk en hij had talent zoals dat Gods kinderen slechts zelden gegeven wordt. Die knul was een reus in het land der reuzen. En ik had de vader moeten zijn die hem had moeten zeggen dat hij dat niet mocht doen?'

Hij schudde zijn hoofd en keek toen weer op.

'Willen jullie weten wat de jongen tegen me zei? Hij zei: "Papa, ik ben liever een vallende ster dan helemaal geen ster. Dit moet geheim blijven. U mag dit nooit aan mama vertellen, wat er ook gebeurt! Mannen onder elkaar, pap. En u moet mij de kans geven mijn mannelijkheid te laten zien."'

'Is dat uw definitie van mannelijkheid?' vroeg McCain.

'Leven met de wetenschap dat uw zoon ieder moment dood neer kan vallen, telkens als hij het basketbalveld op stapt?'

'En een politieagent kijkt de dood niet dagelijks in de ogen?'

'Dat slaat nergens op,' zei Dorothy.

'Nee, jullie begrijpen het niet!' zei Leo met stemverheffing. Hij stak een waarschuwende vinger in de lucht. 'Jullie zijn politieagenten, dat is jullie baan. Julius was basketbalspeler. Dat was zíjn baan! En geen haar op mijn hoofd die eraan dacht hem zijn droom af te pakken.'

'Zijn droom of uw droom?' vroeg Dorothy.

'Dat doet er nu niet meer toe,' beet Leo haar toe. 'Want nu is het niemands droom meer.'

Iedereen zweeg.

'Ik weet wat jullie allemaal denken: dat ik mijn zoon vermoord heb door hem te laten spelen. Larie! Beter een snelle dood dan een langzame marteldood, begrijpen jullie wel?'

'Nee, ik begrijp u niet, meneer,' zei Dorothy. 'Maar dat doet er niet toe. Als Julius tijdens zijn middelbareschooltijd overleden was, dan zou ik u hebben gearresteerd voor het in gevaar brengen van het leven van uw kind, misschien zelfs voor moord. Maar Julius was al drie jaar meerderjarig. Hij kende zijn situatie en wist dat hij gevaar liep. Op een bepaald moment is het zijn eigen verantwoordelijkheid geworden.'

Leo knikte instemmend. 'Daar hebt u helemaal gelijk in, dame. De jongen had zijn hart verpand aan het spel.'

'En daarom leverde hij röntgenfoto's van uw borst in, in plaats van die van hemzelf,' zei McCain.

Leo gaf geen antwoord.

'Het waren toch uw röntgenfoto's, of niet?' vroeg Dorothy.

'Mijn zoon heeft me gevraagd hem te helpen, en dat heb ik gedaan,' zei Leo.

Dorothy balde haar handen tot vuisten. Hij wenste het kennelijk gewoon niet te begrijpen.

McCain zei: 'U hebt uw zoon geholpen met het graven van zijn eigen graf, meneer Van Beest. Maar het is zoals rechercheur Breton al zei: uiteindelijk was het Julius' eigen beslissing.'

'En, wat gaat er nu gebeuren?' vroeg Leo.

'Juridisch gesproken bent u van elke verdenking ontheven,' antwoordde Dorothy. 'Maar moreel gesproken...' Ze maakte haar zin niet af. 'Wij gaan nu. Als u ons ergens over wilt spreken, dan kunt u mij op dit nummer bereiken.' Ze overhandigde hem haar kaartje.

Leo kneep zijn lippen op elkaar en gooide het kaartje naast hem neer. 'Waarom zou ik met u willen praten?'

'U weet maar nooit,' antwoordde McCain.

'Weet Ellen waaraan onze jongen is overleden?'

McCain knikte. 'Ze weet dat hij gestorven is aan een aneurysma.'

'Maar ze weet niet het hele verhaal?'

Dorothy zei: 'We zien geen enkele reden om haar nog meer hartzeer te bezorgen. Ik zal u niet verraden, als dat is waar u bang voor bent.'

Leo verwerkte die mededeling. Knikte en stond op van de bank. 'Ik zal u even uitlaten.'

'Doe geen moeite,' antwoordde McCain. 'Zo groot is uw huis niet.'

Ze deden de deur achter zich dicht en liepen zwijgend weg, te aangeslagen om te praten. Ze waren halverwege de oprit, net voorbij de Mercedes, toen ze het geweerschot hoorden.

Het haalde de voorpagina's van de *Globe* en de *Herald*. Leo had het leven van een zwerver geleid, maar was gestorven als een held met een gebroken hart. Ellen Van Beest woonde twee begrafenissen bij in één week, en vertrok toen voor een lange vakantie naar haar familie.

'Dat zou ik ook wel willen,' zei Dorothy 's middags tegen McCain. 'Een lange vakantie. Om eerlijk te zijn zou ik ook genoegen nemen met een korte vakantie.'

'Het is pas twee uur.' Hij sloot zijn koffer. 'Je hebt nog steeds tijd genoeg om de jongens op te halen en met me mee te gaan naar Florida. Dan kunnen we het samen vieren.'

'Micky, Kerstmis is sneeuw in de bomen, een brandende open haard, en sterke, warme rum. Geen palmbomen en zonnebrand.'

'Verbrand jij?'

'Alleen als idioten me op mijn zenuwen werken.'

McCain grinnikte. 'In Miami hebben ze ook rum hoor, partner.'

Ze rolde met haar ogen en wierp een blik op haar horloge. Micky's vliegtuig zou over een uur vertrekken. In tegenstelling tot de meeste andere luchthavens lag Logan International vlak bij het centrum van de stad; het enige positieve aan het vliegveld. Maar toch: de straten waren glad en het was razend druk op de weg, vooral op kerstavond. 'We kunnen maar beter gaan, Micky.'

Hij tilde zijn koffer op. 'Ja, ingerukt, rechercheur.'

Hoewel de straten hopeloos verstopt zaten en de gemoederen verhit raakten, bereikte Dorothy haar doel toch op tijd. Ze keek toe hoe Micky in de vertrekhal verdween en voegde zich toen weer tussen het verkeer op de snelweg voor de terugrit. Ze wilde niets anders dan naar huis en haar kinderen in haar armen sluiten.

Drie straten verwijderd van haar huis begon het te sneeuwen... vriendelijke vlokjes. Zachte sneeuw, van het soort dat kietelt op je neus en de rest van je gezicht, van het soort waarvan je zin krijgt om je tong uit te steken en de sneeuw op te eten. Het soort sneeuw dat het smerige oude Boston veranderde in een pittoresk, ouderwets stadje dat in New England thuishoorde.

Dorothy knipperde met haar ogen en voelde hoe haar wangen nat werden.

Het zou een schitterende kerst worden. Daar moest ze in geloven.